En plus des 8 titres Azur habituels, ne manquez pas le 1er juin

LE COFFRET

Idylles Princières

Niché sur son rocher surplombant la Méditerranée, le duché de San Rinaldo est un lieu magique, où règnent le luxe, l'opulence et la douceur de vivre...

Les Montecrespi, héritiers du trône, jouissent donc d'une fortune et d'un confort que beaucoup leur envieraient. Hélas, il leur manque la plus importante des richesses : l'amour !

Pour combien de temps ? À vous de le découvrir, en lisant les 3 romans inédits du coffret *Idylles Princières* !

Avec les 3 romans inédits du coffret *Idylles Princières*, découvrez la passionnante saga des Montecrespi.

Chère Lectrice,

Imaginez...

Un hôtel de rêve, sur une petite île paradisiaque au large de la Caroline du Sud...

Les senteurs enivrantes des roses et du jasmin, les plages de sable fin qu'ombragent des cocotiers...

Des bungalows, tous différents, nichés dans la végétation et s'ouvrant sur la mer...

Cet hôtel, c'est Bride's Bay, le lieu enchanteur où se déroulent les aventures de Mariel et Nicolas (*Chantage et trahison*, de Robyn Donald, n° 1719). Et parce qu'un tel cadre méritait davantage qu'un livre isolé, nous vous proposons, dès le 15 du mois, de retrouver Bride's Bay dans *Des fiançailles mouvementées*, de Day Leclaire — un roman de la collection Horizon. Vous pourrez ainsi voir comment, autour d'un même lieu, deux auteurs talentueux ont su faire parler leur imagination...

Après quoi, naturellement, les sept autres titres d'Azur attendront avec impatience votre retour !

Bonne lecture !

La Responsable de collection

Un retour inattendu

ELIZABETH OLDFIELD

Un retour inattendu

COLLECTION AZUR

Cet ouvrage a été publié en langue anglaise sous le titre :
INTIMATE RELATIONS

Traduction française de
FRANÇOISE LEJEUNE

◇H◇ et HARLEQUIN sont les marques déposées de Harlequin Enterprises Limited au Canada
Collection Azur est la marque de commerce de Harlequin Enterprises Limited.

83-85, boulevard Vincent-Auriol, 75013 Paris — Tél. : 01 42 16 63 63
ISBN 2-280-04421-8 — ISSN 0993-4448

1.

« Jamais deux sans trois ! » songea Anya en appuyant rageusement sur la pédale d'accélérateur.

La Coccinelle s'élança sur la petite route de campagne qui serpentait entre des haies vives éclaboussées par le soleil printanier. Lorsque l'antique Volkswagen atteignit son rythme de croisière, un timide quatre-vingts à l'heure, la jeune femme put ruminer à son aise. Elle était trop préoccupée par ses soucis pour prêter attention au charme du paysage qui l'entourait.

Cela avait commencé par une lettre de son principal client : les ventes diminuant de façon dramatique, il fermait deux de ses boutiques et annulait la majeure partie de ses commandes, dont la sienne.

Ensuite, lorsqu'elle était allée chercher Oliver à l'école, sa maîtresse lui avait appris qu'il s'était violemment bagarré avec l'un de ses camarades sans vouloir en donner la raison.

Enfin, quand Roger Adlam l'avait déposée devant chez elle après leur dîner au restaurant, il l'avait embrassée. A ce souvenir, la jeune femme esquissa une grimace. Elle aimait bien Roger... en tant qu'ami. S'il se mettait à la poursuivre de ses assiduités, elle allait devoir lui mettre les points sur les i.

Mais pour l'instant, elle devait se concentrer sur ses

rendez-vous de la matinée. L'objectif, le seul, était de convaincre les propriétaires de boutiques de cadeaux d'acheter ses articles. Pour ce faire, elle portait sa « tenue choc » : un ravissant chemisier de soie crème et un pantalon de cuir noir sexy à souhait. D'un coup d'œil rapide, elle vérifia son maquillage dans le rétroviseur. « Rien à redire », conclut-elle, satisfaite. Restait à concocter un laïus suffisamment persuasif sur la qualité de ses produits pour...

L'apparition d'une magnifique poule faisane paradant au beau milieu de la chaussée interrompit brutalement les réflexions d'Anya.

— Pousse-toi ! hurla-t-elle.

Bien entendu, la poule demeura imperturbable. Par réflexe, Anya se déporta violemment de l'autre côté de la route pour l'éviter... et perdit le contrôle de la voiture. Par bonheur, elle longeait un champ ouvert. La Coccinelle se propulsa comme une bombe dans une marée de hautes herbes sans que la poule daignât tourner la tête.

Les mains crispées sur le volant, Anya appuya de toutes ses forces sur la pédale de frein. La voiture fit plusieurs embardées, cahota d'une pierre à l'autre en vibrant de toute sa carcasse et finit par s'immobiliser dans un épouvantable bruit de ferraille. A quelques mètres de là, la surface lisse d'un étang luisait sous le soleil. Il était temps ! Coupant le moteur, Anya reprit son souffle en tremblant. L'épisode n'avait duré que quelques secondes, mais il lui fallut cinq bonnes minutes pour recouvrer ses esprits.

Angoissée à l'idée de ce qu'elle allait découvrir, elle risqua un coup d'œil anxieux à l'arrière de la voiture et poussa un soupir de soulagement. Les guirlandes, couronnes de fleurs, bouquets séchés, marque-page et autres babioles paraissaient ne pas avoir trop souffert. Miraculeusement, ses cartons d'emballage avaient tenu le coup, et elle se félicita de les avoir choisis solides et fiables. Seules les natures mortes placées sur la lunette arrière paraissaient légèrement endommagées mais, à première vue, les dégâts semblaient facilement réparables.

Rassurée sur le sort de son gagne-pain, elle s'inquiéta de l'état de la voiture.

Tremblante d'appréhension, elle descendit pour juger du désastre. Le désespoir l'envahit aussitôt. L'aile gauche donnait l'impression d'avoir été défoncée à coups de marteau par un fou furieux, et l'une des portières ainsi que le capot étaient gravement cabossés. Faire redresser toute cette tôle froissée allait lui coûter une fortune.

— Quelle poisse ! gémit-elle, au bord des larmes.

Un instant tentée par le désespoir, Anya se ressaisit bientôt. Le moment était mal choisi pour s'apitoyer sur son sort. Le temps pressait. Il fallait en priorité réparer ses natures mortes.

Avisant au bord de l'étang d'épaisses touffes de roseaux d'une belle couleur miel, elle s'en approcha d'un pas décidé et s'accroupit pour en casser la tige le plus bas possible. Sa cueillette progressait rapidement lorsqu'une pierre lui effleura soudain la tête et tomba dans l'étang, provoquant une énorme gerbe d'eau.

Aspergée de la tête aux pieds, Anya se redressa d'un bond en rejetant son abondante chevelure en arrière d'un geste furibond. Elle dégoulinait littéralement, son chemisier était maculé d'auréoles douteuses et son pantalon couvert de taches suspectes. Elle n'avait plus envie de pleurer mais de hurler ! De donner libre cours à sa rage, d'étriper le responsable de cette mauvaise plaisanterie. La poule faisane s'en était tirée à bon compte, mais la personne qui avait lancé cette pierre subirait un châtiment exemplaire, se promit-elle, en proie à une fureur vengeresse.

Se retournant d'un mouvement brusque, elle inspecta

le champ en plissant les yeux. A une dizaine de mètres de là, se tenait un homme vêtu d'un impeccable costume gris foncé. Surprise, la jeune femme fronça les sourcils. Dans son esprit, le coupable était un enfant ou un adolescent, pas un cadre supérieur tiré à quatre épingles qui, à première vue, devait avoir entre trente et trente-cinq ans.

Serrant avec hargne les roseaux dans sa main, Anya s'élança vers l'inconnu, une lueur menaçante au fond des yeux. Cadre ou pas, elle allait chauffer les oreilles de ce malotru. La tête bien droite, les épaules redressées, elle s'avançait, telle une reine offensée dans sa dignité, lorsqu'une goutte se forma malencontreusement au bout de son nez. Obligée de la chasser d'un inélégant revers de main, elle perdit un peu de sa superbe mais n'en poursuivit pas moins sa progression. En approchant de l'individu, Anya sentit sa colère augmenter encore. Car, au lieu de paraître confus, ce mufle riait !

En d'autres circonstances, elle aurait probablement reconnu qu'elle offrait un spectacle hautement comique, mais après son accident et les dommages causés à sa voiture, ce rire ouvertement moqueur était une insulte !

Hérissée de fureur, elle se planta face à lui en le toisant d'un regard outragé.

— Je suis désolé, dit-il.

— Vous n'en avez pas l'air ! Je vous interdis de rire. Ce n'est pas drôle.

La lueur amusée qui brillait dans les yeux bleus de l'inconnu disparut aussitôt, et son sourire s'effaça.

— En effet. Je vous prie de m'excuser.

Anya répondit par un regard meurtrier. Car la politesse affectée et le ton mielleux prouvaient qu'il ne regrettait rien. D'ailleurs, de quoi s'excusait-il ? De l'avoir arrosée ou de ne pouvoir s'empêcher de rire ?

— Il ne vous est jamais venu à l'esprit que lancer des

pierres en présence de quelqu'un est non seulement puéril mais dangereux ?

L'inconnu retrouva enfin son sérieux.

— Je ne prends pas la chose à la légère, mademoiselle. Je pensais que j'étais seul, c'est tout.

La réplique lui valut un autre regard noir.

— Ne me faites pas croire que vous n'avez pas entendu mon arrivée fracassante ! se récria-t-elle en désignant le toit de la Volkswagen qu'on apercevait au ras des hautes herbes. La voiture a failli faire un tonneau en heurtant les pierres. Il aurait fallu être sourd pour ne pas entendre.

— Ou être au téléphone, ce qui était mon cas.

— Au téléphone ?

— Un portable, à l'intérieur de ma voiture, là-bas.

Il désigna une rutilante voiture de sport noire stationnée sous un arbre au bord de la route.

— Il faut être aveugle pour ne pas l'avoir remarquée, murmura-t-il d'un ton posé.

Les yeux noisette de la jeune femme lancèrent des étincelles. Non seulement il s'excusait du bout des lèvres, mais en plus il continuait sur le ton de l'ironie.

— Vous auriez pu me tuer, déclara-t-elle.

— Cela m'étonnerait. La pierre était à peine plus grosse qu'un galet. Mais si cela peut atténuer ma faute, je vous propose une serviette pour vous sécher. Il y en a une dans ma voiture.

Il s'éloigna d'un pas vif. Anya le suivit du regard en écumant de rage. Le toupet de cet homme ! Au lieu de ramper à ses pieds pour lui présenter ses plus plates excuses, il l'accablait de railleries et d'œillades condescendantes. C'était le monde à l'envers !

Cela étant, il ne donnait pas l'impression d'être homme à ramper devant qui que ce soit.

D'ailleurs, qui pouvait-il bien être ? se demanda-t-elle en le regardant ouvrir une luxueuse valise de cuir rangée dans le coffre de sa voiture. Depuis quatre ans qu'elle habitait Lidden Magnor, elle connaissait tous les gens du village et des environs. Or, jamais elle n'avait croisé cet homme.

Prise de curiosité, elle l'examina plus attentivement. Le costume anthracite, la chemise d'un blanc immaculé et la classique cravate de soie sortaient d'une boutique de luxe. Physiquement, il possédait une distinction innée qui tenait à sa haute taille autant qu'à ses traits réguliers et à son maintien naturel. Ses cheveux noirs coupés ras mettaient en valeur son visage décidé au nez droit et à la bouche bien dessinée. Cette élégance, ce comportement calme et plein d'assurance révélaient un homme habitué à évoluer dans les hautes sphères. Appartenait-il à l'une des familles de grands propriétaires terriens qui habitaient les manoirs et châteaux disséminés un peu partout dans le Dorset ?

Peut-être, mais ce n'était pas absolument certain. Car l'énergie et le dynamisme qui émanaient de lui laissaient plutôt supposer qu'il faisait partie de la race des conquérants : ceux qui tracent leur route tout seuls. Et, à en juger par sa voiture, il réussissait. En tout cas, avec ses yeux bleus et ses longs cils noirs, il devait faire des ravages auprès de femmes plus impressionnables qu'elle.

L'inconnu revint et lui tendit une épaisse serviette blanche.

— Merci, dit-elle d'un ton sec.

Posant les roseaux par terre, elle entreprit d'essuyer ses longues mèches auburn. D'ordinaire, elle portait une natte mais, aujourd'hui, elle avait laissé flotter librement ses cheveux dans l'espoir d'éblouir ses éventuels clients. Un espoir désormais réduit à néant...

Malgré son intention d'observer un silence glacial vis-à-vis de l'inconnu afin de bien marquer son hostilité, elle ne put résister à la tentation de l'interroger.

— Vous êtes en vacances ?

— J'aimerais bien ! répliqua-t-il avec une moue désabusée. Tel que vous me voyez, j'arrive tout droit de l'aéroport d'Heathrow, et j'ai un rendez-vous dans une heure.

— Vous êtes arrivé en Angleterre ce matin ?

— A 7 heures précises. Je viens d'Indonésie et je suis entre deux voyages. Je ne reste en Angleterre que deux jours.

Intriguée, Anya l'examina encore plus attentivement. En effet, si son costume n'était absolument pas froissé, par contre, des petites rides de fatigue lui soulignaient le coin des yeux. De toute évidence, il souffrait du décalage horaire.

La tête penchée sur le côté, Anya se passa les doigts dans les cheveux pour les démêler tout en poursuivant la conversation.

— Vous avez du courage d'avoir fait deux heures de route après un vol aussi long.

— En Maserati, cela ne fait qu'une heure et demie, déclara l'inconnu en jetant un coup d'œil en direction de sa voiture. Je me suis arrêté parce que je tombais de sommeil. Je pensais fermer les yeux un quart d'heure, et puis je me suis rappelé un problème dont je voulais discuter avec ma secrétaire, et ensuite...

Il acheva sa phrase par un haussement d'épaules.

— Et ensuite, vous avez éprouvé une brusque envie de lancer des pierres, acheva-t-elle d'un ton agressif.

— J'adorais faire des ricochets quand j'étais petit. J'ai tout bêtement eu envie de vérifier si j'étais toujours aussi bon.

— A l'évidence, vous avez perdu la main.

— Ce n'était que mon premier essai, riposta-t-il avec un sourire désarmant.

— Un vrai désastre, observa-t-elle en contemplant son

chemisier d'un air désolé. Moi qui espérais faire bonne impression auprès de mes clients ! C'est raté, à présent.

— Si vos clients sont des hommes, permettez-moi d'en douter.

Anya s'aperçut que l'inconnu admirait sa poitrine sans vergogne. Saisie d'une brusque inquiétude, elle baissa les yeux et rougit violemment. Le chemisier humide la moulait comme une seconde peau, épousant sa gorge avec une parfaite indécence. Révoltée par la désinvolture de l'inconnu, Anya chercha une riposte bien sentie et constata avec désespoir que son esprit de repartie l'avait totalement abandonnée.

— Vous n'avez pas l'air convaincu, murmura l'inconnu. Si je vous donne cent livres pour vous acheter un autre chemisier, ça ira ?

L'offre couvrirait amplement la dépense, mais Anya était trop fière pour en profiter.

— C'est inutile. Les taches partiront.

— Dans ce cas, je vous rembourse les frais de teinturerie.

Ignorant les protestations de la jeune femme, il sortit son portefeuille et lui fourra d'autorité un billet de vingt livres dans les mains.

— Tout est réglé, maintenant ?

Sur le point d'acquiescer, Anya se ravisa.

— Malheureusement non. Si je rentre à la maison pour me changer, je vais être en retard à mes rendez-vous, s'exclama-t-elle, affolée.

— Vous n'avez qu'à mettre l'une de mes chemises.

Elle lui lança un coup d'œil stupéfait.

— Pardon ?

— Elles sortent du pressing, rassurez-vous. Venez avec moi.

D'un signe impérieux, il enjoignit à Anya de le suivre et se dirigea à grandes enjambées vers la Maserati d'où il sortit trois chemises enveloppées de Cellophane. L'une était jaune pâle, l'autre bleu ciel et la troisième à larges rayures roses et blanches.

— Si vous roulez les manches et que vous rentrez les pans dans votre pantalon sans trop les serrer, vous serez parfaite.

Après une brève hésitation, Anya se décida. Elle n'avait pas franchement le choix. D'autant plus qu'elle tenait à conserver sa réputation de ponctualité auprès de sa clientèle.

— C'est d'accord. Merci.

— Laquelle voulez-vous ?

— La rayée.

En quelques secondes, il ôta la Cellophane, les pinces, le carton central et celui du col.

— Enlevez votre chemisier, ordonna-t-il.

Non sans réticence, Anya déboutonna un poignet. Elle aurait préféré se changer à l'intérieur de la Volkswagen, mais le ton de l'inconnu était si neutre que sa pudeur lui parut soudain ridicule.

Il avait sans doute perçu son indécision car il déclara :

— Je ne suis pas un violeur, si c'est ce qui vous inquiète.

Anya esquissa un sourire forcé. Avec son physique d'Apollon, il ne devait pas avoir besoin de recourir à la force... sauf peut-être pour se défendre contre les femmes trop entreprenantes.

— Loin de moi cette idée, murmura-t-elle.

— D'autre part, j'ai déjà vu des femmes dévêtues.

— Plus d'une, j'imagine.

— Ne vous fiez pas aux apparences. Je mène une vie très rangée.

Il lui tendit la chemise et Anya ôta son chemisier. Tout comme elle avait renoncé à se réfugier dans sa voiture, elle refusa de lui tourner le dos pour lui démontrer qu'elle pouvait être aussi décontractée que lui.

Mais malgré ses déclarations, lorsqu'il posa les yeux sur sa poitrine, l'inconnu parut fasciné par le renflement soyeux de ses seins. Pendant une fraction de seconde, Anya crut lire dans son regard une lueur de désir. Son pouls s'accéléra tandis qu'un long frisson la parcourait.

Etonnée de cette réaction face à un inconnu alors que, d'ordinaire, les hommes la laissaient de glace, Anya se hâta de passer la chemise rayée.

— Une minute! s'écria-t-il. Vos épaules sont trempées.

La serviette en main, il entreprit de l'essuyer. Très raide, Anya se dit qu'il s'agissait d'un geste sans conséquence auquel il ne fallait accorder aucune signification. Mais leur proximité la désorientait. Et la chaleur de ces paumes qu'elle percevait à travers la serviette la troublait au-delà de toute mesure. Elles étaient trop douces, trop caressantes...

— Merci, dit-elle lorsqu'il s'écarta enfin.

En un tournemain, la chemise fut enfilée, les manches furent relevées sur ses avant-bras et les pans fourrés à la hâte dans le pantalon.

— Elle vous va mieux qu'à moi, déclara-t-il.

Il esquissa aussitôt une grimace en ajoutant :

— Désolé pour le cliché.

Une lueur malicieuse éclaira le regard d'Anya.

— Le décalage horaire, sans doute.

— Sans doute, répéta-t-il avec un sourire.

— Donnez-moi votre nom et votre adresse; je vous renverrai la chemise le plus tôt possible.

— Rien ne presse, dit-il en sortant une carte de visite de son portefeuille.

Anya la parcourut avec curiosité. Il s'appelait Garson Deverill et habitait Chelsea. Le destin avait fait en sorte qu'ils se rencontrent sur une route perdue du Dorset, un beau matin d'avril, mais, à en juger par son apparence, sa voiture et son adresse, leurs styles de vie devaient être à des milliers d'années-lumière l'un de l'autre.

Tout en empochant la carte de visite, elle ramassa les roseaux.

— Que comptez-vous faire de ça? demanda-t-il.

— Réparer mes natures mortes de fleurs séchées. Je les fabrique moi-même et je les vends. Certains des échantillons que je dois présenter aujourd'hui se sont abîmés quand j'ai quitté la route.

Le regard de Garson Deverill se porta sur la Volkswagen.

— Votre voiture aussi, je suppose. Que s'est-il passé? demanda-t-il en se dirigeant vers la Coccinelle.

— J'ai donné un coup de volant pour éviter une poule faisane et j'ai perdu le contrôle de...

— Une poule faisane?

— Elle a surgi à la sortie du virage. J'ai voulu l'éviter et...

— Faites-vous partie de ces fanatiques qui militent en faveur des droits des animaux? coupa-t-il d'un ton sec.

— Non.

— Mais pour sauver un oiseau, vous sacrifieriez votre voiture!

— Que vouliez-vous que je fasse? Que je l'écrase?

— Si elle n'avait pas la présence d'esprit de s'envoler, oui.

Anya frissonna.

— Je n'aurais jamais pu.

— Les faisans ne sont pas une espèce en danger, je vous signale. Dans tous le pays, les gens les chassent et les dégustent avec plaisir.

— Peut-être, mais ils les tuent avec un fusil, ils ne les écrasent pas accidentellement. D'autre part, la chasse est ouverte d'octobre à février. Comme nous sommes en avril, j'aurais été dans mon tort.

Il haussa les sourcils d'un air stupéfait.

— Vous avez donc dévié de votre trajectoire pour ne pas enfreindre la loi.

— J'ai réagi instinctivement!

Soudain, Anya leva vers lui un regard angoissé.

— Vous croyez que ma voiture est encore en état de marche?

Sans rien dire, Garson Deverill examina soigneusement la carrosserie, s'agenouilla pour inspecter le dessous et termina par un coup d'œil au moteur.

— A priori, il n'y a aucun dégât d'ordre mécanique.

— Dieu merci! murmura la jeune femme avec un soulagement infini.

Il fixa sur elle son regard bleu tranquille.

— Vous pouvez également rendre grâce à Dieu que personne ne soit arrivé en sens inverse, ajouta-t-il.

— Comme vous, par exemple?

Il considéra sa voiture d'un air pensif.

— Comme moi, en effet.

Anya suivit son regard. La Maserati appartenait à ces véhicules de légende qui font rêver la plupart des hommes. Son intuition lui souffla que Garson Deverill la conduisait d'une main sûre et expérimentée.

— Je suis persuadée que vous m'auriez évitée. Dans le cas contraire, je suppose que votre compagnie d'assurances aurait pris à sa charge les frais de réparation.

— L'aspect financier importe peu. En revanche, je n'aurais jamais eu le temps de m'occuper des démarches et des tracasseries administratives liées à ce genre d'incident.

Cette remarque désinvolte lui valut un regard sévère.

— L'argent n'est peut-être pas un souci pour vous, mais si je veux faire réparer ma voiture, je vais devoir payer une franchise de cent livres, ce qui signifie que je peux dire adieu au four à micro-ondes pour lequel j'économise depuis des mois.

— Eh bien, le nouveau gadget destiné à agrémenter votre cuisine de parfaite ménagère attendra un peu, voilà tout !

En proie à une sourde irritation, Anya s'installa à l'arrière de la Volkswagen et entreprit d'arranger ses natures mortes. Il doutait que sa situation financière fût aussi critique qu'elle le laissait entendre simplement parce que, aujourd'hui, elle portait une tenue luxueuse, et elle ne pouvait pas lui en vouloir. Il ignorait que son pantalon comme son chemisier avaient six ans, et qu'elle les conservait précieusement pour les occasions exceptionnelles. Quant aux gadgets de sa cuisine de rêve, s'il jetait un coup d'œil à la pièce en question, il changerait rapidement d'avis.

Sa tâche terminée, elle descendit de voiture pour lui dire au revoir avant de partir.

— Votre col est mal mis, remarqua-t-il. Soulevez vos cheveux pour que je l'arrange.

Anya obtempéra sans rien dire, mais lorsqu'il lui effleura la nuque par inadvertance, leurs yeux se croisèrent pour ne plus se quitter. Entre eux circulait un courant de sensualité pure, une vibration très particulière qu'elle identifia immédiatement comme du désir.

— Vous êtes l'une des rares femmes qui peuvent se permettre de porter un pantalon de cuir, murmura-t-il.

Anya sourit. Avec sa drôle de petite moue en coin, Garson Deverill avait du charme à revendre. Et son compliment lui réchauffait le cœur. Cela faisait une éternité qu'elle ne s'était sentie aussi féminine ni d'humeur aussi légère. Et puis, un flirt innocent ne prêtait pas à conséquence.

— Encore un cliché, monsieur Deverill ?

Il se mit à rire.

— Peut-être, mais c'est la pure vérité.

— Oh, oh ! J'ai droit au grand numéro de charme, alors !

Les mains de Garson pesaient toujours sur ses épaules, mais elle souhaitait qu'il les y laissât encore, ou, mieux, qu'il les enfouît dans sa chevelure et l'embrassât éperdument. Une douce folie s'emparait d'elle, une délicieuse ivresse...

— Alors ? Je suis pardonné de vous avoir arrosée ?

La jeune femme fit mine de délibérer.

— Il me semble.

— Ouf, je respire ! Je vais enfin oser vous demander votre nom.

— Anya Prescott.

Les mains de Garson retombèrent brusquement. Il s'écarta vivement.

— Prescott ? répéta-t-il.

Etonnée par le léger durcissement de sa voix, elle acquiesça en silence. Sans rien dire, il la considéra longuement, scrutant son visage aux pommettes hautes, sa bouche un peu trop grande, puis son regard descendit vers sa gorge, jusqu'à sa taille, évalua ses hanches pour s'arrêter sur ses longues jambes chaussées de boots noires. Il ne la touchait pas, et pourtant, durant cet interminable examen, elle eut la sensation qu'il la déshabillait. Les hommes avaient la fâcheuse habitude de se comporter ainsi avec elle parce qu'elle était mince et jolie, mais Garson Deverill semblait vouloir sonder les profondeurs de son âme. Une impression d'autant plus désagréable qu'elle ne déchiffrait aucune admiration dans ses yeux, mais de l'hostilité, de la méfiance, comme si les sentiments plutôt chaleureux qu'elle lui inpirait s'étaient soudain mués en animosité.

Mal à l'aise, elle dit la première chose qui lui vint à l'esprit :

— J'habite Lidden Magnor. C'est un petit village à quelques kilomètres d'ici.

Les yeux bleus plongèrent au fond des siens, impénétrables.

— Je sais.

Déroutée par ce brusque changement d'attitude, elle s'installa au volant.

— Il faut que j'y aille.

— Je vais vous guider jusqu'à la route, dit-il d'un ton froid.

Lorsque ce fut chose faite, elle baissa la vitre pour le saluer.

— Au revoir, monsieur Deverill.

— Au revoir, mademoiselle Prescott.

En s'éloignant, Anya jeta un coup d'œil dans le rétroviseur. Les bras croisés, ses yeux bleus perçants fixés sur sa voiture, Garson Deverill se tenait au milieu de la chaussée. Appuyant à fond sur l'accélérateur, Anya passa la seconde, puis la troisième, et accueillit avec joie le virage qui le déroba à sa vue.

2.

Après s'être changée pour un caleçon beige et une tunique prune qui avaient tous deux connu des jours meilleurs, Anya poussa un soupir découragé. La déveine s'acharnait contre elle. Ses démarches s'étaient toutes révélées infructueuses. « A quand la prochaine calamité ? » se demanda-t-elle avec un sourire de dérision. Mis à part un raz-de-marée, la famine ou une invasion de sauterelles, plus grand-chose ne pouvait l'atteindre, songea-t-elle avec humour. Si ! La banqueroute...

Debout devant la glace, elle se brosssa vigoureusement les cheveux puis tressa rapidement une natte qu'elle attacha avec un ruban jaune. Dès qu'elle fut prête, sa nature positive reprit le dessus. Certes, elle ne gagnait pas suffisamment d'argent en ce moment pour subvenir à ses besoins et à ceux d'Oliver, mais elle avait encore assez d'économies sur son compte en banque pour leur permettre de tenir six mois. D'ici là, la situation se serait sûrement améliorée.

En effet, même si les gens qu'elle avait rencontrés ce matin invoquaient la morosité économique pour expliquer leur refus de prendre de nouveaux fournisseurs, tous l'avaient complimentée sur la qualité et les prix compétitifs de ses produits en promettant de prendre contact avec elle dès que les affaires iraient mieux. Et puis, elle n'avait pas dit son dernier mot. Dès demain, elle recommencerait à prospecter. Avec un peu de chance, elle finirait bien par décrocher d'autres commandes.

Son regard se posa sur la chemise rayée qu'elle effleura sans réfléchir. Un courant extraordinairement sensuel avait circulé entre elle et cet homme... jusqu'à ce qu'elle lui dît son nom. Ce brusque changement d'attitude la tracassait. Pourquoi cette soudaine hostilité? Avait-il entendu parler d'elle? Mais par qui, et pourquoi?

Irritée par ces questions sans réponses, la jeune femme se rendit dans la minuscule chambre d'Oliver. A quoi bon perdre son temps à essayer de comprendre les réactions d'un homme qu'elle ne reverrait sans doute jamais? Elle laverait la chemise aujourd'hui, la lui enverrait demain par la poste et chasserait définitivement de ses pensées le troublant Garson Deverill.

Satisfaite d'avoir classé l'affaire, elle aéra énergiquement la couette d'Oliver et plaça son ours préféré sur l'oreiller. En ramassant les feutres qui avaient roulé sous le lit, elle se rappela ce que lui avait dit l'institutrice. Oliver avait obstinément refusé de révéler la raison pour laquelle il s'était battu, mais était-il possible que cela eût un lien avec son père... ou plutôt son absence de père? Son camarade s'était-il moqué de lui parce qu'il n'était pas comme les autres?

A cette idée, le cœur d'Anya se serra. Si jamais on apprenait dans le village qu'elle n'était pas la mère d'Oliver mais sa tante, le pauvre risquait d'être en butte à des sarcasmes autrement plus cruels.

Assise au coin du lit, Anya se perdit dans une profonde méditation. Jusqu'à l'année dernière, Oliver avait cru qu'elle était sa mère. Puis, le jour de son quatrième anniversaire, elle avait pris un album de photos en lui expliquant avec le plus de ménagement possible que sa mère était Jennie.

— C'est incroyable ce qu'elle te ressemble ! s'était exclamé le petit garçon.

— Nous étions jumelles et nous nous aimions beaucoup. Tu n'avais qu'une semaine quand elle est morte. Elle t'a confié à moi juste avant de s'éteindre, et j'ai accepté de t'élever, bien que tu aies eu, à l'époque, un visage rouge et fripé, et le crâne aussi lisse qu'un œuf ! avait-elle ajouté pour dissiper la tristesse qu'elle lisait sur le visage d'Oliver.

Le petit garçon s'était blotti dans ses bras.

— Et maintenant, tu m'aimes encore ?

Anya l'avait serré dans ses bras de toutes ses forces.

— Enormément, mais si tu veux m'appeler tante Anya et dire à tes camarades que...

— Non ! Je suis triste que ma première maman soit morte, mais c'est toi ma maman, maintenant.

Ensuite, Anya avait révélé à Oliver comment Jennie et son père avaient décidé de se séparer avant sa naissance. Or, la semaine dernière, l'enfant l'avait soudain interrogée sur son père. Où habitait-il ? Quel métier exerçait-il ? Pourquoi ne venait-il jamais le voir ?

Très embarrassée, elle avait répondu qu'il était musicien et vivait à Londres, en éludant adroitement la troisième question car elle se sentait incapable d'expliquer à un enfant de cinq ans que son père ne s'intéressait pas à lui. Mais ce n'était que partie remise, elle le pressentait. Car Oliver était vif, intelligent et têtu. Un jour ou l'autre, il reviendrait à la charge.

Saisie d'un doute, elle se demanda si elle devait écrire une fois de plus à Lucan Cesari, puis secoua la tête. Cet homme se moquait éperdument de son fils, et la lettre resterait sans réponse... comme les précédentes.

La mine pensive, Anya embrassa la pièce du regard. Elle aimait ces chambres sous les combles, les fenêtres à meneaux, les poutres apparentes. Sans doute ne vivaient-ils pas dans un grand confort, mais elle était parvenue à faire de cet endroit un nid douillet pour elle et Oliver.

Le cottage faisait partie d'un ensemble de maisons mitoyennes appartenant à Bob et Mavis Wright, un couple de libraires à la retraite qui habitaient Grange House, la propriété attenante. Par la fenêtre, on apercevait, sur la droite, l'ancienne écurie et les garages puis, au fond, la grande demeure victorienne dont les pierres ocre contrastaient avec les briques des autres bâtiments. De loin, l'édifice paraissait séduisant et majestueux mais, tout comme les cottages et l'écurie, il tombait en ruine faute d'être entretenu. La jeune femme s'en désolait car elle connaissait l'extraordinaire potentiel de Grange House.

Son regard se posa sur le panneau indiquant qu'elle était à vendre. Depuis deux ans qu'elle était sur le marché, aucun acheteur sérieux ne s'était présenté, au grand soulagement d'Anya qui redoutait un propriétaire moins accommodant que les Wright.

Actuellement, ceux-ci séjournaient en Australie, chez une de leurs filles, et ils lui avaient confié la garde de la maison. D'ailleurs, il était temps qu'elle fît sa ronde quotidienne, se dit-elle en se levant.

Elle arrivait au bas de l'escalier lorsque le téléphone sonna. Folle d'espoir, elle s'élança dans le living en priant le ciel pour qu'il s'agît d'un client.

Lorsqu'elle reconnut la voix de William Price, l'agent immobilier chargé de la vente de Grange House, une grimace lui échappa.

— Désolé de te déranger, Anya, mais j'ai une faveur à te demander. J'ai peut-être un acheteur pour Grange House. Il a visité la maison il y a quelques mois, et je n'ai plus entendu parler de lui jusqu'à ce matin où il a débarqué comme une fleur pour la revoir.

— Il est venu deux fois et je ne l'ai jamais vu? s'exclama Anya.

— La première fois, c'était à Pâques. Vous étiez en vacances dans le Yorshire, chez ton oncle, Oliver et toi. Et ce matin, tu étais absente quand je l'ai amené.

Une soudaine panique s'empara de la jeune femme.

— J'espère que tu lui as expliqué que...

— Ne t'inquiète pas, j'ai été très clair. Néanmoins, comme les cottages sont inclus dans la vente, il aimerait y jeter un coup d'œil cet après-midi. Malheureusement, je serai occupé avec un autre client, alors j'ai pensé que tu pourrais prévenir M. Cox de la visite, et servir de guide par la même occasion. Cela ne te dérangerait pas trop ?

— Non, bien sûr, mais...

— Merci ! Je savais que tu accepterais. Il sera là vers 14 h 30.

Visiblement pressé, William raccrocha en oubliant de mentionner le nom du visiteur. Anya espéra que celui-ci serait ponctuel car elle devait récupérer Oliver à l'école.

Décidant d'avertir son voisin sans tarder, la jeune femme sortit du cottage et se dirigea en souriant vers sa maison. Bert Cox allait, comme d'habitude, accueillir la nouvelle de très mauvaise grâce. Elle plaignit à l'avance le pauvre visiteur. Car quand Bert était de mauvaise humeur, il ne s'embarrassait pas de politesses.

Agé de près de soixante dix ans et veuf depuis quinze ans, Bert officiait comme jardinier à Grange House pendant la matinée. L'après-midi, il regardait la télévision, et le soir, il discutait politique au pub du village. Cet emploi du temps immuable ne souffrait aucune variation depuis des lustres, et Bert détestait être dérangé par « ces fouineurs d'étrangers », comme il appelait les rares personnes qui s'étaient jusqu'ici intéressées à la propriété.

La jeune femme poussait la barrière du jardin de Bert lorsqu'un bruit de moteur se fit entendre dans l'allée qui menait à la propriété. Les yeux d'Anya s'écarquillèrent de stupeur lorsqu'une Maserati noire se gara dans la cour.

Maserati dont le conducteur n'était autre, bien sûr, que Garson Deverill. Il n'avait pas perdu de temps pour retrouver sa trace ! songea-t-elle, en proie à une sourde excitation. Quel prétexte invoquerait-il pour expliquer sa présence ? La chemise ? A moins qu'il ne fût venu pour s'excuser de sa froideur lorsqu'ils s'étaient quittés... Le cœur battant, Anya dut faire un gros effort pour ne pas sourire. Pas question de lui montrer qu'elle était contente de le revoir !

— Vous avez finalement décidé de reprendre votre bien tout de suite ? lui demanda-t-elle comme il approchait.

Garson Deverill la contempla d'un air étonné.

— Pardon ?

— Je parlais de votre chemise. Je comptais la laver et la repasser cet après-midi, mais si vous voulez la récupérer maintenant, à votre guise.

— Je n'y tiens pas particulièrement.

— Ah bon ? Pourquoi êtes-vous venu, dans ce cas ?

— Je suis en avance, mais William Price m'a dit que vous me feriez visiter les cottages.

Anya lui adressa un regard incrédule.

— C'est... c'est vous qui avez visité Grange House ce matin ?

— En effet.

Il repoussa de la main quelques mèches que le vent plaquait sur ses yeux. Anya était sous le choc. Dire qu'elle s'imaginait naïvement que c'était elle qu'il venait voir ! Pour s'excuser, qui plus est ! Elle tombait de haut, mais comprenait enfin comment il avait entendu parler d'elle.

— Vous avez appris mon nom lors de votre première visite, je suppose ?

Garson Deverill marqua un léger temps d'hésitation avant d'acquiescer.

— M. Price m'a dit que vous viviez ici avec votre fils.

Fidèle à ses habitudes, Anya décida d'aller droit au but. Depuis que les Wright avaient mis la propriété en vente, elle s'inquiétait de son sort et de celui de Bert. Un nouveau propriétaire pouvait fort bien décider de ne pas renouveler le bail, ou encore rénover les cottages et augmenter les loyers de façon exorbitante.

— J'imagine, déclara-t-elle, que M. Price vous a averti que nous venions juste, mon voisin et moi, de signer le renouvellement de notre bail de location pour un an, et que nous souhaitions rester ici dans la mesure du possible.

— Je suis au courant, en effet.

Anya se raidit. Le ton cassant, la froideur du regard qu'il posait sur elle témoignaient d'une hostilité dont elle s'efforça de comprendre la cause. Envisageait-il de ne pas reconduire leur bail lorsqu'il arriverait à expiration si, par hasard, il achetait Grange House ? Si tel était le cas, ce projet engendrait peut-être chez lui un sentiment de culpabilité qu'il transformait en animosité à son égard. Elle était la locataire gênante qui désirait rester, donc elle était une ennemie.

Anya était suffisament honnête vis-à-vis d'elle-même pour savoir que son imagination s'emballait souvent. Comme rien ne prouvait que son raisonnement était juste, elle décida d'attendre que Garson Deverill eût abattu ses cartes avant de déterrer la hache de guerre.

Elle en était là de ses méditations, lorsque Bert sortit de son cottage en manches de chemise. Anya ne put s'empêcher de sourire. Mince et petit, avec ses chaussons, ses grosses bretelles rouges et sa touffe de cheveux blancs hirsutes au sommet du crâne, il évoquait plus que jamais quelque vieux lutin sorti tout droit d'un conte du Moyen Age.

— Bert, voici M. Deverill, déclara-t-elle. Il s'intéresse

à Grange House et voudrait visiter nos cottages. Cela vous ennuie-t-il qu'il voie le vôtre maintenant ?

Bert se renfrogna aussitôt.

— Je n'ai pas le choix, de toute façon, bougonna-t-il d'un ton revêche.

Sans autre commentaire, il s'engouffra dans le cottage en leur enjoignant de le suivre d'un signe bref. La porte étant très basse, Garson Deverill dut baisser la tête pour entrer.

Etait-ce à cause des dimensions minuscules de la pièce ou parce qu'ils étaient confinés entre un immense buffet, une table et un canapé jonché de journaux ? En tout cas, le visiteur parut soudain terriblement imposant à Anya. Mal à l'aise, elle l'observa à la dérobée. Il impressionnait plus par son allure déterminée que par sa carrure d'athlète, conclut-elle. Quoi qu'il en soit, s'il devenait son ennemi, elle ne pourrait pas se permettre de l'ignorer.

— Vous venez de Londres, je parie, lança Bert d'un ton agressif.

— J'ai un appartement là-bas.

Le vieil homme esquissa une grimace méprisante.

— Encore un citadin qui s'essaye à jouer les campagnards ! grommela-t-il dans sa barbe.

La jeune femme sourit en songeant que, quatre ans auparavant, Bert l'avait traitée de la même façon. Puis, peu à peu, elle était parvenue à amadouer son irascible voisin en lui proposant de faire ses courses ou en lui apportant des pots de confiture confectionnés par ses soins, si bien qu'aujourd'hui il les considérait, Oliver et elle, comme ses protégés.

— Allez-y ! déclara le vieil homme. Vous pouvez fourrer votre nez partout si ça vous chante. Anya va vous accompagner. On ne sait jamais.

La jeune femme acquiesça en indiquant l'escalier.

Lorsqu'ils atteignirent le palier, Garson Deverill se tourna vers elle.

— La confiance règne, observa-t-il. Non content d'être un intrus et un voyeur, je pourrais être également un kleptomane.

— On n'est jamais trop prudent.

Le cottage était plutôt exigü, si bien que la visite ne dura pas longtemps. Anya remarqua pourtant qu'aucun détail n'échappait au regard perçant de Garson Deverill. D'un coup d'œil, il semblait tout enregistrer, exactement comme lorsqu'il l'avait examinée, le matin même, songea-t-elle, non sans embarras.

En regagnant le living, Garson désigna un journal hippique qui traînait sur la table.

— Vous vous intéressez aux chevaux ? demanda-t-il à Bert. J'imagine que vous allez régulièrement aux courses.

— Pas aussi souvent que je le souhaiterais, marmonna Bert. Je n'ai pas de voiture, et ce n'est pas facile de trouver des gens pour m'emmener... Vous avez fini ?

Garson Deverill fit signe que oui.

— Merci de m'avoir permis de visiter à l'improviste, monsieur. Je vous suis très reconnaissant.

— Pas de problème.

Les deux hommes échangèrent une poignée de main sous le regard médusé d'Anya. Le sourire de Garson Deverill avait beau être ensorcelant, Bert n'était pas homme à s'y laisser prendre, tout de même ! Il n'ignorait pas la menace que ferait peser sur eux un nouveau propriétaire à Grange House ! Pourtant, lorsque Garson Deverill l'avait appelé « monsieur », le visage de Bert s'était illuminé, et leur poignée de main paraissait presque amicale.

Les adieux terminés, Anya guida le visiteur vers son propre cottage.

— Si vous songez à moderniser les cottages pour augmenter les loyers, ce serait une folie d'un point de vue financier, déclara-t-elle en franchissant le portail. Il vous faudrait des années pour rentrer dans vos frais.

— Sauf si je les vends.

Anya frissonna. C'était une hypothèse qu'elle n'avait pas envisagée.

— Ce serait dommage de morceler la propriété, lança-t-elle d'un ton sec en le précédant dans l'allée.

Lorsqu'il pénétra dans le living de la jeune femme, Garson Deverill ne put retenir une exclamation de stupeur.

— Ça alors ! Je n'en crois pas mes yeux.

Bien qu'absolument identique à celui de Bert, le cottage d'Anya rayonnait de clarté et donnait l'impression d'être deux fois plus grand. Les murs irréguliers étaient peints à la chaux, des rideaux colorés ornaient les fenêtres et des nattes vert vif recouvraient le parquet décapé et verni. Quelques meubles en pin bon marché ajoutaient çà et là une note plus chaude, sans dévorer l'espace, comme ceux de Bert.

— J'ai juste caché la misère, expliqua-t-elle. Mais, tout comme chez M. Cox, les vers envahissent les poutres, la plomberie remonte à l'antiquité et l'eau s'infiltre à travers le chaume du toit chaque fois qu'il pleut.

— Peu importe ! Je suis très impressionné.

Bien qu'irritée de se sentir flattée par les compliments d'un homme qui semblait par ailleurs si critique à son égard, Anya sentit ses joues s'empourprer de plaisir.

— Merci.

— Vous avez étudié la décoration d'intérieur ?

— Pas du tout ! J'ai une licence de français.

Garson Deverill parut extrêmement surpris.

— Vous êtes allée à l'université ?

— Pourquoi pas ? Vous pensiez que ce n'était pas à ma portée ?

— Ce ne sont pas vos capacités que je mets en doute, répliqua-t-il. Qu'avez-vous fait après vos études ?

— J'ai travaillé comme traductrice au Foreign Office.

Peu désireuse d'expliquer la raison pour laquelle elle avait quitté son emploi, la jeune femme revint à la décoration.

— Je suppose que ma mère m'a transmis son goût pour les matières et les couleurs. Elle enseignait la peinture et le dessin.

— Pourquoi employez-vous le passé?

— Elle est morte il y a six ans, avec mon père, dans un accident de voiture.

Impatiente de mettre fin à cet interrogatoire auquel elle n'aurait jamais dû se prêter, la jeune femme traversa le living et ouvrit une porte.

— Voilà ma cuisine de rêve!

Dire que la pièce était petite eût été un euphémisme. Il s'agissait d'un réduit étroit doté d'une fenêtre ouvrant sur le verger de Grange House où s'entassaient tant bien que mal un évier minuscule, une vieille cuisinière et un réfrigérateur rouillé.

— Je crois que j'ai commis une erreur d'appréciation, murmura Garson Deverill en souriant.

— Et de taille! répliqua Anya d'un ton cinglant.

— Il n'y a même pas de place pour un four à micro-ondes, là-dedans.

— Je le destinais à mon atelier, pas à la cuisine. William Price a dû vous avertir que les Wright m'autorisaient à occuper l'écurie pour travailler, j'imagine.

— En effet. Vous ne payez pas de loyer, je crois.

Fallait-il interpréter cette remarque comme une menace? S'il achetait Grange House, exigerait-il qu'elle payât un loyer pour son atelier?

— Elle était en si mauvais état, quand je me suis installée, que les Wright m'ont remerciée de l'avoir nettoyée et repeinte. Et puisque nous en sommes aux aveux, ils me permettent de couper des fleurs dans leur jardin. En échange, je leur rends de menus services, comme de surveiller et d'aérer la maison en leur absence.

— Que comptiez-vous faire d'un four à micro-ondes dans votre atelier ?

— Sécher mes fleurs. Cela me permettrait de gagner un temps considérable, et donc d'augmenter ma production. Les roses, les chrysanthèmes et les marguerites donnent des résultats extraordinaires au micro-ondes. Certaines feuilles aussi, notamment l'érable ou l'orme...

Elle s'interrompit brusquement, consciente de se laisser entraîner par son enthousiasme. Garson Deverill la soumit à un examen silencieux, puis il rompit le silence.

— Si je comprends bien, vous souhaiteriez maintenir ces arrangements si la propriété est vendue.

— Oui. Bert aussi désire garder son emploi de jardinier. Cela dit, je suis prête à verser un loyer pour l'écurie, à condition qu'il ne soit pas trop élevé.

— Vous payez déjà très peu pour le cottage.

S'agissait-il d'un simple constat ou d'une autre menace ? Dans le doute, Anya redressa le menton en signe de défi.

— Il me semble normal de payer un loyer dérisoire étant donné l'état de décrépitude dans lequel il se trouve.

— Est-ce pour le faible loyer que vous avez choisi cet endroit quand vous avez quitté la maison de votre oncle, dans le Yorkshire, il y a quatre ans ?

Sidérée qu'il en sût autant à son sujet, Anya répliqua vivement :

— D'où tenez-vous ces renseignements ?

— J'ai interrogé William Price. Si je m'installe ici, je préfère savoir à quoi m'en tenir sur mes futurs locataires. On passe à l'étage, maintenant ?

Anya le précéda dans l'escalier sans dissimuler sa contrariété. Même si Garson Deverill s'informait par prudence, ce procédé lui déplaisait souverainement, d'autant plus qu'il n'était pas encore propriétaire de Grange House.

Sur le palier, elle ouvrit les portes les unes après les autres.

— La salle de bains, la chambre d'Oliver, ma chambre, dit-elle d'un ton sec.

Après avoir jeté un bref coup d'œil dans les deux premières pièces, Garson Deverill pénétra dans la chambre d'Anya où les coloris frais et clairs créaient une atmosphère gaie et raffinée.

— Une de vos compositions ? demanda-t-il en désignant un bouquet de pivoines séchées sur la commode de pin.

— Oui.

Sans un mot, il se livra du regard à une inspection encore plus minutieuse que pour les autres pièces, puis il se tourna brusquement vers elle.

— Avez-vous un amant ? demanda-t-il tout à trac.

Anya serra les poings pour se retenir de le gifler. Pour poser pareille question, il devait savoir déjà par William Price qu'elle élevait Oliver seule, mais cette fois, son indiscrétion dépassait les bornes !

— Je vous demande pardon ?

Plongeant les yeux au fond des siens, il répéta posément :

— Avez-vous un amant ?

Le cœur d'Anya s'emballa. Impossible de se méprendre sur la lueur sensuelle du regard qui transperçait le sien... Par sa seule présence, Garson Deverill envahissait son intimité, s'emparait de cette pièce où elle se déshabillait, dormait, rêvait, pleurait parfois. Jamais elle ne s'était sentie aussi consciente de sa féminité... Jamais non plus, la présence d'un homme ne l'avait autant troublée...

Et il le savait ! Il en jouait pour lui poser des questions

révoltantes ! A cette idée, elle retrouva d'un coup sa combativité.

— Ne me dites pas que vous n'avez pas questionné William Price à ce sujet !

— Je me suis renseigné, en effet. Il prétend que vous menez une vie très sage.

Folle furieuse, Anya lui jeta un regard incendiaire.

— Il prétend ! Insinuez-vous qu'il se trompe et que les hommes se succèdent ici à toute heure du jour et de la nuit ? Croyez-vous que je me poste chaque soir à la porte en minijupe et bas résille pour attirer les clients ?

Un petit sourire en coin apparut sur les lèvres de Garson.

— La perspective ne manque pas de charme, mais laissez tomber les bas résille ! Votre pantalon de cuir suffit amplement. Rien qu'à imaginer vos longues jambes gainées de cuir noir, les doigts me démangent de vous enlacer.

Les mains d'Anya la démangeaient aussi, mais pour une tout autre raison.

— Etes-vous aussi direct avec chaque femme qui a le malheur de porter un pantalon de cuir ? lança-t-elle d'un ton railleur.

— Tout dépend de la personne, murmura-t-il en l'enveloppant d'un regard éloquent. S'il s'agit d'une troublante créature au corps de liane dont les courbes...

Les joues en feu, Anya l'interrompit avant qu'il allât plus loin.

— Il n'y a pas d'homme dans ma vie, puisque vous tenez tellement à le savoir !

Puis elle s'éclipsa sans demander son reste. Elle fuyait, mais comment faire autrement quand les yeux brûlants qui la déshabillaient provoquaient en elle de tels frissons de désir ? Jamais le regard d'un homme n'avait suscité en elle des sensations aussi intenses. Même celui de Dirk, qu'elle avait un jour considéré comme le seul et l'unique...

Quelques minutes plus tard, Garson Deverill la rejoignit dans le living.

— Je suppose que vous avez un trousseau de clés de Grange House puisque vous surveillez la maison. J'aimerais bien la visiter encore une fois.

— Vous l'avez déjà vue à deux reprises !

— Une troisième visite me permettrait de me faire une idée plus précise.

Anya céda, mais de très mauvaise grâce.

— Que comptez-vous faire de la maison si vous l'achetez ? demanda-t-elle tandis qu'ils traversaient la cour.

— Une résidence secondaire. Cela dit, comme je passe la majeure partie de mon temps à l'étranger, je ne viendrais pas souvent.

— Il serait plus judicieux d'acheter une propriété située à proximité d'un aéroport, vous ne croyez pas ?

Pour toute réponse, son compagnon haussa les épaules.

Avec son papier défraîchi, ses boiseries peintes en brun et le parquet de chêne terni, le hall d'entrée de Grange House reflétait l'état de désuétude dans lequel la maison était tombée depuis des années.

— Que pense votre femme d'une maison de campagne dans le Dorset ? demanda Anya en le guidant à travers les pièces du rez-de-chaussée.

A ses yeux, Garson Deverill incarnait le célibataire type, mais elle brûlait de s'en assurer.

— Je ne suis pas marié, répliqua-t-il avec brusquerie.

La jeune femme soutint son regard avec une insolence délibérée.

— Votre compagne, alors ?

— Je n'en ai pas.

— Pas de maîtresse occasionnelle non plus ?

— Non.

Un muscle tressaillit sur la tempe de Garson Deverill. Il ne pouvait pas se soustraire à cet interrogatoire puisqu'il lui avait fait subir le même, mais, à l'évidence, la chose lui déplaisait. Grand bien lui fasse ! songea-t-elle en lui décochant un sourire mielleux.

— Vous êtes donc un célibataire endurci.

— Si vous insinuez par là que j'ai des tendances homosexuelles, je vous détrompe tout de suite. Je suis hétéro à cent pour cent.

— Et macho jusqu'au bout des ongles.

Savourant sa revanche avec une jubilation sans mélange, elle le détailla lentement, de la tête aux pieds.

— Vous devez accumuler les conquêtes, avec un physique pareil, susurra-t-elle.

— Quand on passe son temps à sauter d'un avion à l'autre, il est déjà difficile de nouer des relations. Alors les conquêtes...

Sur ce commentaire désabusé, il ouvrit la porte d'une petite pièce qui servait de lingerie, et demanda à brûle-pourpoint :

— Comment vous y prendriez-vous pour rénover Grange House ?

— Moi ? s'exclama-t-elle, étonnée.

— Oui, vous.

Il posait la question pour faire diversion, mais Anya sut tout de suite quoi répondre, car elle avait plus d'une fois réaménagé Grange House dans sa tête.

— J'installerais un jardin d'hiver pour agrandir le petit salon, et je réorganiserais complètement la cuisine et ses dépendances.

— Comment ça ?

Anya l'entraîna vers la cuisine.

— Si on abattait les cloisons qui séparent l'office de la buanderie, cela donnerait une pièce avec un volume superbe.

— Il y aurait de la place pour un four à micro-ondes, dit-il avec un clin d'œil malicieux.

La jeune femme sourit.

— On pourrait même la transformer en vaisseau spatial, avec commandes électroniques à chaque coin, si vous le désirez, répliqua-t-elle en l'entraînant à l'étage. Sérieusement, il faudrait prévoir une salle de bains attenante à chaque chambre, installer le chauffage central et des doubles vitrages, et ensuite, il n'y aurait plus qu'à s'attaquer à la décoration.

Brusquement inquiète à l'idée d'avoir manifesté un peu trop d'enthousiasme, elle jeta un regard furtif en direction de son compagnon.

— Bien sûr, reprit-elle, cela impliquerait des travaux gigantesques et des mois d'attente avant de pouvoir emménager. Et puis, la dépense se chiffrerait en millions, ce qui, ajouté au prix d'achat, ne vaudrait pas le coup pour une maison de week-end.

— Cette opinion n'engage que vous.

— Il n'y a pas non plus de restaurants chic ou de night-clubs dans les environs.

— Ai-je dit que je passais mes nuits dans les boîtes de nuit ?

— Non, mais on ne sait jamais. Ah ! J'oublie aussi un autre inconvénient...

Son interlocuteur leva les yeux au ciel.

— ... Si vous achetez, il faudra que vous soyez là pour superviser les travaux. Les artisans locaux sont sérieux, mais il y a toujours des décisions imprévues à prendre rapidement.

De retour sur le palier, Garson s'appuya contre la rampe d'escalier en croisant les bras.

— Les Wright ont hâte de vendre, et William Price ne dédaignerait pas de toucher sa commission, si je ne m'abuse. Croyez-vous qu'ils approuveraient le fait que vous tentiez de me décourager ?

Une rougeur coupable empourpra les joues d'Anya. Elle se comportait effectivement comme une égoïste, mais la perspective de côtoyer Garson Deverill, même lors de rares week-ends, l'emplissait d'appréhension.

— Je me contente de vous mettre en face de la réalité, protesta-t-elle avec une parfaite mauvaise foi. N'avez-vous pas affirmé, ce matin même, que vous n'auriez jamais le temps de vous occuper de la réparation de votre voiture en cas d'accident? La restauration de cette maison exigerait de vous une disponibilité dix fois supérieure.

La mine pensive, Garson Deverill fourra les mains dans ses poches.

— Vous avez raison.

— Reprendre Grange House signifierait des tracasseries sans fin pour une personne qui logerait à demeure, alors pour quelqu'un qui passe son temps à l'autre bout du monde...

— J'imagine.

Il semblait sérieusement ébranlé, pour la plus grande joie d'Anya. S'il renonçait, elle se sentirait libérée d'un grand poids.

Otant les mains de ses poches, il se redressa soudain.

— Vous n'allez pas chercher votre fils à l'école?

Anya consulta sa montre et poussa un cri.

— Oh! si, mon Dieu! Je ne me rendais pas compte qu'il était si tard, s'exclama-t-elle en se précipitant dans l'escalier. J'aurais dû le prendre il y a cinq minutes. Excusez-moi, mais il faut que je file.

— Je vais vous conduire, proposa-t-il en la rejoignant pendant qu'elle courait vers le cottage.

— Merci, mais je prendrai la Coccinelle.

— J'irai plus vite.

— Non, vraiment, je...

Sans l'écouter, il ouvrit la portière de la Maserati.

— Montez !

— Vous vous prenez pour un dresseur de chiens ?

Une lueur amusée flamba dans ses yeux bleus.

— Je retiens l'idée au cas où je connaîtrais des revers de fortune. Allez, soyez bonne fille et montez, répéta-t-il en claquant des doigts.

— Si j'obéis, vous me donnerez un biscuit vitaminé et une tape affectueuse sur la tête ?

Garson Deverill lui adressa un sourire dévastateur.

— Et si vous refusez, j'administrerai une bonne claque sur votre délicieux postérieur.

A l'expression de son regard, elle comprit qu'il serait parfaitement capable de mettre sa menace à exécution. C'est pourquoi elle s'installa sans plus rechigner. De toute façon, il irait effectivement plus vite, et seul Oliver comptait.

— L'école est sur la place du village.

— Je sais, je suis passé devant ce matin.

— Pourvu qu'il ne lui soit rien arrivé ! On entend des histoires tellement affreuses sur des enfants laissés seuls dans la rue, même pour quelques minutes.

— Ne vous inquiétez pas.

— Il n'a que cinq ans ! Même si le village paraît sûr et que je lui répète constamment de ne jamais adresser la parole à des étrangers, il y a toujours...

Garson Deverill posa une main sur le genou de la jeune femme.

— Calmez-vous !

Electrisée par le contact de cette paume chaude et ferme sur sa jambe, Anya réprima un violent frisson.

— Je suis très calme, affirma-t-elle vaillamment.

Par miracle, il retira sa main.

Lorsque la voiture tourna au coin de la petite église du xve siècle qui bordait la place du village, Anya scruta les alentours de l'école. En apercevant deux garçonnets en blazer bleu et culotte grise qui attendaient devant les grilles, elle sourit, soulagée.

— Oliver est là ! s'exclama-t-elle en les désignant.

— C'est celui de gauche, murmura Garson.

Anya lui adressa un coup d'œil stupéfait. Comment avait-il fait pour reconnaître Oliver? William Price lui avait-il tracé un portrait fidèle de son neveu ?

Un flot de tendresse la submergea en regardant cet enfant qu'elle aimait tant. Avec ses abondantes boucles noires, ses sourcils bien dessinés et sa bouche aux coins relevés, trois signes distinctifs qu'il tenait de son père, il ressemblait à un chérubin. Un chérubin débraillé avec sa cravate de travers, une chaussette remontée jusqu'au genou et l'autre tirebouchonnée autour de la cheville.

Garson Deverill dévisageait le garçonnet.

Les yeux d'Oliver s'agrandirent comme des soucoupes lorsque la Maserati se gara devant lui. Ils s'écarquillèrent encore plus lorsque sa tante en descendit.

— M. Deverill est venu visiter Grange House et il m'a gentiment proposé de m'accompagner pour venir te chercher, expliqua-t-elle à l'enfant en l'embrassant.

— Bonjour, Oliver, dit Garson avec un sourire chaleureux.

— Jour ! répondit Oliver en lui rendant son sourire.

— Cela vous ennuierait-il de ramener son camarade ? demanda la jeune femme à Garson. Il habite sur le chemin et sa mère est toujours en retard.

Garson mit quelques secondes à réagir, comme si, en contemplant Oliver, il s'était retiré dans un autre monde.

— Pardon ? Oh, non, aucun problème.

— Chic ! s'écria l'autre garçon qui contemplait la voiture avec envie.

A cet instant, une vieille Ford klaxonna derrière la Maserati.

— Zut, ma mère est là, murmura le petit garçon en esquissant une grimace explicite.

Il s'éloigna en traînant les pieds.

Les yeux brilants d'excitation, Oliver se glissa sur la luxueuse banquette arrière.

Garson se retourna pour l'aider à attacher sa ceinture de sécurité, puis il démarra en douceur.

— Tu as passé une bonne journée ? demanda Anya.

— Super ! C'est quoi comme voiture ?

— Une Maserati Shamal. Elle a été fabriquée en Italie.

— Quand je serai grand, j'en aurai une comme ça.

— J'ai décidé la même chose quand j'avais à peu près ton âge, répliqua Garson. Et, tu vois, j'ai réalisé mon vœu. Maintenant, dis-moi comment s'appelle ta maîtresse.

— Mme Malcom.

— Tu l'aimes bien ?

— Oui. Sauf quand elle nous oblige à attacher nos lacets.

— Tu trouves ça difficile ?

— Non, idiot.

Garson éclata de rire.

— Et la lecture ? Ça te plaît ?

— Oh, oui. Et le calcul aussi. Aujourd'hui on a appris...

A la surprise d'Anya, Oliver entreprit de raconter sa journée par le menu à Garson Deverill. Pour un enfant qui se montrait d'ordinaire timide à l'égard des inconnus, cette loquacité avait de quoi étonner.

Etait-ce la joie de monter dans ce bolide ou le charme de leur chauffeur qui opérait sur Oliver comme il avait opéré sur elle et sur Bert ?

Anya délibérait encore lorsque la voiture s'arrêta devant le cottage.

— Merci, dit Anya d'un ton sec en ouvrant sa portière.

Garson descendit pour aider Oliver à sortir.

— Je t'emmènerai faire une autre promenade un jour, déclara-t-il.

— Promis ?

— Promis ! répliqua solennellement Garson.

— Maman, je peux aller dire à Bert que je suis rentré à la maison en Maserati ?

Anya acquiesça.

— Avant d'entrer, jette un coup d'œil par la fenêtre pour voir s'il ne s'est pas assoupi.

— D'accord.

L'enfant adressa un grand signe à Garson avant de filer comme une flèche.

— Pourquoi avoir fait à Oliver une promesse que vous ne pourrez pas tenir ? dit-elle avec une pointe d'agressivité.

— Je la tiendrai puisque j'ai décidé d'acheter Grange House.

Anya blêmit.

— Vous êtes sérieux ?

— On ne peut plus.

Abandonnant la jeune femme à sa consternation, il s'installa au volant.

— A bientôt, jolie madame !

Anya le regarda s'éloigner avec angoisse. Elle s'était interrogée sur la prochaine calamité qui s'abattrait sur elle, mais il était inutile de chercher davantage. L'installation de Garson Deverill à Grange House était pire que tous les raz-de-marée ou les invasions de sauterelles de la planète !

3.

Anya appliqua quelques points de colle à l'aide d'un cure-dents sur la pensée posée devant elle avant de la retourner pour la plaquer délicatement sur le bristol.

— Et voilà !

Elle contempla avec satisfaction les cinq cartes de vœux déjà prêtes.

— C'est superbe ! déclara Kirsten avec enthousiasme. A mon avis, tu vas remporter un franc succès auprès de tes clients.

Anya esquissa une moue sceptique.

— Encore faudrait-il que je décroche de nouvelles commandes !

Kirsten avait confié la surveillance de leurs trois enfants à son mari, Derek, pour rendre visite à son amie. Agée de presque quarante ans, elle s'était prise d'amitié pour Anya dès que celle-ci était arrivée au village, et l'avait dépannée à maintes reprises en gardant Oliver ou en lui dépêchant Derk pour certains travaux de force.

— De toute façon, reprit la jeune femme, en admettant que je décroche de nouveaux contrats, si je ne peux plus utiliser l'écurie comme atelier, je n'aurai jamais la place de...

— Allons, Anya ! Même si les Wright ont déménagé, il reste au moins trois semaines avant que la vente soit effective. A quoi bon se mettre martel en tête avant de savoir quelle décision va prendre le nouveau propriétaire ? D'ailleurs, il a peut-être renoncé à acheter Grange House, qui sait ?

Anya considéra d'un œil pensif les gros nuages noirs qui s'amoncelaient dans le crépuscule.

— A mon avis, Garson Deverill n'est pas homme à changer d'avis.

Kirsten ouvrit des yeux ronds.

— Garson Deverill ? L'Apollon des affaires ? C'est lui qui achète Grange House ?

Ce fut au tour d'Anya de contempler son amie avec stupeur.

— Tu as entendu parler de lui ?

— Le contraire serait difficile ! Les journaux ne cessent de mentionner ses succès mirobolants et *Sunday Times Magazine* vient de lui consacrer un article dans un numéro sur les jeunes P.-D.G. Ne me dis pas que tu n'as jamais rien lu sur lui !

— Tu sais bien que je n'achète jamais les journaux.

— Il dirige un groupe international qui fabrique et monte des plates-formes pétrolières. Il a débuté dans une petite entreprise liée à l'industrie pétrolière. Quand le propriétaire s'est retiré des affaires, Deverill a repris les choses en main et, en quelques années, il a transformé la société en groupe international. A présent, il fournit l'équipement d'un bon nombre de compagnies pétrolières du premier au dernier boulon. Il est très respecté dans les milieux industriels, mais il a la réputation d'être extrêmement dur en affaires.

— Cela ne m'étonne pas, observa Anya en songeant que sa première impression au sujet de cet homme ne l'avait pas trompée.

— Et non content d'être doué, il est superbe, murmura Kirsten en soupirant. Tu as dû t'en rendre compte, j'imagine !

Anya hocha la tête en se remémorant leur rencontre, un mois plus tôt. Une rencontre qu'elle avait revécu en pensée un nombre incalculable de fois. Car, à son grand regret, Garson Deverill avait produit sur elle une impression qu'elle ne parvenait pas à effacer...

— Avec sa fortune et son physique, je m'étonne qu'il soit encore célibataire, remarqua-t-elle.

— Oh, il a été marié ! A Isobel Dewing, la présentatrice de télévision. Derek se pâme chaque fois qu'il regarde son émission. D'après lui, elle incarne la perfection féminine.

Anya ne possédait pas de téléviseur, mais elle se rappelait avoir vu chez des amis une blonde éblouissante habillée avec un goût très sûr et une extrême sophistication.

— Garson Deverill a été marié avec elle ?

— On les considérait même comme le couple idéal jusqu'à leur séparation, il y a trois ou quatre ans. Tout le monde a attribué ce divorce à l'incompatibilité de leurs carrières, mais comme Deverill observe une discrétion absolue sur sa vie privée, personne n'est certain que ce soit le véritable motif.

Anya se rappela la brusquerie avec laquelle il avait déclaré ne pas être marié, et sa remarque sur la difficulté de nouer des relations.

— S'il passe sa vie à voyager, je suppose qu'Isobel Dewing en a eu assez d'être seule et qu'elle l'a quitté.

— C'est possible..., murmura Kirsten. En tout cas, je me demande ce qui l'intéresse dans Grange House, alors qu'il a les moyens de s'offrir une maison bien plus élégante, et en excellent état, dans une région plus prisée que notre coin perdu.

— Moi non plus, je ne comprends pas. Quoique...

Anya s'arrêta net.

— Quoique ?

— Rien, fit la jeune femme en secouant la tête.

Elle nourrissait l'obscur pressentiment que la décision de Garson Deverill avait un lien avec Oliver et elle, mais l'idée paraissait par trop invraisemblable pour qu'elle la confiât à son amie. Il avait, certes, témoigné une étrange curiosité à leur égard, mais comment auraient-ils pu influencer son choix puisqu'il ne les avait rencontrés qu'une fois ?

Fronçant les sourcils, elle ajouta quelques brins de fougère à côté de la pensée, puis appliqua précautionneusement un film adhésif. Ridicule ou pas, ce sentiment la tenaillait depuis quatre semaines !

— Seul le temps pourra nous dévoiler ses raisons, déclara Kirsten. A propos de temps, mon pauvre Derek doit mourir de faim, ajouta-t-elle en se levant.

Au moment de franchir la porte, elle se retourna vers Anya.

— Dis-moi, notre don Juan local te poursuit-il toujours de ses assiduités ?

Anya gémit en levant les yeux au ciel car, loin de désarmer, Roger Adlam se montrait de plus en plus pressant.

— Hélas, oui ! Et comme je refuse toutes ses invitations, il me harcèle jusqu'ici en invoquant n'importe quel prétexte pour surgir à toute heure : un nouveau fromage à goûter ou son dernier pot de crème à écouler !

— Il est toujours persuadé que tu as un faible pour lui ?

— Oui. Malheureusement. Il espère me convaincre que j'ai beaucoup de chance de lui plaire ! S'il savait ce que j'en pense, de sa chance !

— Il est peut-être prétentieux, mais reconnais qu'il est bel homme, observa Kirsten.

Anya lui lança un coup d'œil horrifié.

— Essaierais-tu de me pousser dans ses bras, par hasard ?

— Où est le mal ? Depuis le départ de Dirk, tu fuis les hommes. Cela va faire deux ans, ma grande. L'homme et la femme ne sont pas faits pour vivre en solitaires. De plus, tu viens de fêter tes vingt-huit ans et il est grand temps que tu songes à fonder une famille, à mon avis.

Ponctuant sa tirade d'un salut appuyé, Kirsten s'esquiva sans autre commentaire.

Le visage sombre, Anya rangea son matériel. Elle avait rencontré Dirk Benson, le vétérinaire de Lidden Magnor, lors d'une fête de village, et ils s'étaient immédiatement plu. Séduisant, drôle et attentionné, il lui avait semblé être le partenaire idéal. A une nuance près : il ne voulait pas entendre parler d'Oliver. La séparation s'était effectuée sans heurts et, depuis, Dirk s'était installé dans une autre région.

Tout bien considéré, Roger Adlam ne voyait pas non plus d'un bon œil le fait qu'elle eût un enfant à charge. C'est pour cela qu'il avait tant hésité avant de lui faire des avances. De toute façon, il était temps de mettre les choses au point car il dépassait les bornes. Deux jours auparavant, il avait surgi derrière elle dans le jardin de Grange House et, si elle n'avait pas repéré son ombre, il l'aurait enlacée avant qu'elle ait pu réagir.

A propos de Grange House, songea-t-elle, les Wright lui avaient confié un trousseau de clés en lui demandant d'aérer tous les jours afin de dissiper l'odeur persistante d'humidité. Elle avait ouvert les fenêtres ce matin, mais avait oublié de les refermer. Et voilà qu'on annonçait de la pluie,

— La barbe ! s'exclama-t-elle en consultant sa montre.

Il restait une demi-heure avant le départ de Bert pour le pub. Avec un peu de chance, il accepterait de garder Oliver le temps qu'elle allât à Grange House.

Avant de sortir, elle monta vérifier que son neveu dormait à poings fermés. Un sourire attendri se dessina sur ses lèvres en contemplant le petit visage angélique. Elle aimait cet enfant plus que tout au monde. Le jour de la mort de Jennie, elle s'était juré solennellement de le protéger et de lui procurer une vie stable et heureuse. Jusqu'ici, elle n'avait pas trop mal réussi, se dit-elle en déposant un baiser léger sur son front.

Bert ayant accepté de bonne grâce de lui rendre service, Anya traversa la cour d'un bon pas. En pénétrant dans la maison, elle se souvint que les Wright avaient coupé l'électricité. Elle hésita à retourner chercher une lampe puis y renonça en voyant la lune émerger d'entre les nuages. Même si elle n'éclairait que par intermittence, on voyait suffisamment clair.

Après s'être occupée du rez-de-chaussée, la jeune femme monta à l'étage. Elle venait de fermer la dernière fenêtre à l'arrière de la maison lorsqu'un craquement suivi d'un bruit de pas se fit entendre sur le parquet du hall. Une flambée de colère la submergea. Roger! Sans doute l'avait-il aperçue en train de se diriger vers la maison. Mais s'il comptait la surprendre, il en serait pour ses frais! Il allait voir de quel bois elle se chauffait!

Rentrant son chemisier dans son jean, Anya descendit l'escalier à pas de loup. Le hall lui parut vide, mais un nuage masquait la lune. Aux aguets, elle tentait de percer l'obscurité pour repérer l'intrus lorsqu'un nouveau craquement résonna en provenance du salon. Folle de rage, Anya s'élança sans hésiter dans cette direction... et heurta de plein fouet une haute silhouette masculine. Un cri étouffé lui échappa. Elle perdit l'équilibre et serait tombée si un bras ferme ne l'avait soutenue par la taille. Dégoûtée par ce contact, elle recula d'un pas.

— Ça suffit, Roger! dit-elle en levant le bras pour le gifler.

— Pas de ça, ma belle!

Une poigne de fer lui enserra le bras. Hors d'elle, Anya

voulut marteler la poitrine de son adversaire de sa main libre, mais il devina son intention et l'immobilisa avec une déconcertante facilité.

— Lâchez-moi ! ordonna-t-elle en se débattant comme un beau diable.

— Pour que vous me battiez comme plâtre ? Je ne suis pas masochiste.

Anya se figea en reconnaissant cette voix basse et un peu rauque.

— Monsieur Deverill ! murmura-t-elle, stupéfaite.

La lune se dégagea alors des nuages, baignant le visage et la silhouette de Garson Deverill d'un halo lumineux. Confuse, Anya se demanda comment elle avait pu se méprendre. Roger Adlam ne soutenait pas la comparaison avec l'homme d'affaires car ce dernier était plus grand, mieux bâti et plus carré que le fermier.

— Je suis ici chez moi, dit-il en la libérant. L'intrus, c'est vous.

— Comment ça, chez vous ? protesta-t-elle.

— Mon notaire a accéléré la vente pour que nous puissions signer lors d'un de mes passages en Angleterre. A présent, expliquez-moi ce que vous faites ici.

— Je fermais les fenêtres que les Wright m'ont demandé d'ouvrir régulièrement pour dissiper l'odeur d'humidité.

— Qui est Roger ?

La jeune femme se frotta les poignets avant de répondre. Elle ne souffrait pas, mais elle sentait encore l'empreinte de ses doigts sur sa peau, comme s'il l'avait marquée au fer rouge.

— C'est un fermier des environs. Il... il a un faible pour moi.

— Et vous attirez ce pauvre type ici pour jouer dans le noir à des petits jeux très sophistiqués !

Un sentiment de révolte envahit la jeune femme. Pourquoi imaginait-il toujours le pire à son sujet ?

— Vous divaguez ! Je vous ai dit qu'il n'y avait pas d'homme dans ma vie.

— Sans préciser si vous en cherchiez un ou non, observa-t-il froidement. Ce Roger est-il propriétaire de sa ferme ?

— Il possède la laiterie un peu plus bas, sur la route.

— C'est un bon parti, dites-moi.

Un frémissement d'indignation la parcourut à ces mots. On ne pouvait être plus clair : il la prenait pour une fille facile doublée d'une femme intéressée.

— Ce ne serait pas la première fois qu'une jeune femme sans le sou poursuivrait un homme fortuné, précisa-t-il.

— Croyez-vous que je le frapperais si je voulais le séduire ?

Garson Deverill accueillit la question d'un haussement d'épaules.

— Vous pourriez jouer les difficiles pour mieux le ferrer.

— Vous êtes fou !

— Prétendez-vous que vous n'avez pas laissé la porte entrouverte pour l'inviter à entrer, et que votre chemisier n'est pas déboutonné pour l'aguicher ?

— Mon chemisier n'est pas déb...

Baissant soudain les yeux, Anya s'aperçut avec consternation qu'il disait vrai... et comprit pourquoi il fixait sa poitrine avec une telle intensité.

— Il s'est défait pendant que je me débattais, lança-t-elle, furieuse, en rajustant ses vêtements en toute hâte.

— Vous affirmez qu'il n'entrait pas dans vos intentions d'aguicher ce Roger ?

— Bien sûr !

— Le problème, c'est que vous avez réussi avec moi.

Anya le toisa avec hauteur. S'il s'agissait d'une tactique pour la déstabiliser, il perdait son temps.

— Ça m'étonnerait !

Il se rapprocha.

— Vous voulez une preuve ?

La jeune femme éprouva soudain la plus grande difficulté à respirer. Il était si proche qu'elle percevait l'odeur subtile de son eau de Cologne, la chaleur de son corps, la tiédeur de son souffle.

— Non, merci. chuchota-t-elle.

— Non, merci, répéta-t-il d'un ton moqueur.

Plaçant alors les mains sur les épaules de la jeune femme, il lui effleura les lèvres.

Il ne s'agissait même pas d'un baiser, juste d'une caresse, d'une provocation, mais cela suffit pour que le vertige s'emparât d'Anya. Lorsqu'il s'écarta, elle demeura paralysée, incapable du moindre mouvement.

— Je vous en prie, monsieur..., protesta-t-elle faiblement.

— Garson, dit-il en s'inclinant de nouveau.

Lorsqu'il prit de nouveau possession de sa bouche, un frémissement voluptueux la parcourut. Cette fois, il l'embrassait vraiment, et toute envie de combattre la quitta. Un léger gémissement s'échappa de sa gorge lorsqu'il força le barrage de ses lèvres, mais ce tendre son n'avait rien d'une protestation. Les mains agrippées aux revers de sa veste, elle s'offrit sans retenue, grisée par la caresse de ces lèvres expertes, enivrée par leur chaleur et leur douceur.

Il releva doucement la tête.

— Convaincue ? murmura-t-il.

Anya bondit en arrière, comme si une guêpe l'avait piquée.

— Je... je... ne voulais pas, balbutia-t-elle.

Elle se sentait à la fois confuse et furieuse. Avait-elle perdu la tête pour s'abandonner ainsi dans les bras d'un homme qui venait de l'insulter ?

— Je voulais juste...

— Vous assurer que je ne mentais pas ? acheva-t-il d'un ton narquois.

— Pas du tout !

Il haussa les sourcils d'un air interrogateur.

— Vous ne pouvez plus nier que je vous désire, tout de même ?

Le visage écarlate, elle rétorqua faiblement :

— Non...

A quel jeu jouait-il ? se demanda-t-elle, désorientée. Cherchait-il à savoir si elle était réellement la femme facile qu'il l'accusait d'être ? Dans ce cas, la façon dont elle avait répondu à son étreinte avait dû lui paraître édifiante.

— Vous ne me semblez pas indifférente non plus, remarqua-t-il en fouillant le regard brillant de la jeune femme.

— Cela fait longtemps qu'on ne m'a pas embrassée, murmura-t-elle en battant en retraite vers la porte. Je... je dois rentrer. Bert garde Oliver, mais il doit partir au pub.

— Je vous accompagne.

Après avoir refermé la porte à clé, Anya lui tendit le trousseau.

— Tenez.

— Gardez-les. Ça peut être utile si j'oublie les miennes.

— Comme vous voudrez, dit-elle sans enthousiasme.

— Merci de votre gentillesse, répliqua-t-il en exécutant une courbette moqueuse.

L'air frais la remit d'aplomb. Désireuse d'oublier au plus vite ce baiser passionné, elle engagea la conversation sur un terrain banal.

— Où comptez-vous passer la nuit ?

— Au King's Head. J'ai retenu une chambre pour le week-end. J'arrive tout droit de l'aéroport et je dois repartir pour les Etats-Unis dimanche, mais j'avais envie de jeter un coup d'œil à la maison.

— De quel coin du monde venez-vous, aujourd'hui ?

— Tokyo, dit-il en se passant la main sur les yeux d'un geste las.

— Vous avez l'air épuisé.

— C'est peu dire ! Tel que vous me voyez, je n'aspire qu'à savourer un bon café avant de m'offrir une nuit crapuleuse dans un lit moelleux.

— J'allais justement préparer du café. Si vous voulez le partager avec moi...

Une flamme malicieuse fit briller le regard de Garson.

— Essaieriez-vous de m'amadouer ?

— Comment l'avez-vous deviné ?

Comme elle ignorait les intentions de son nouveau propriétaire, mieux valait établir avec lui une relation amicale, se disait-elle.

— J'ai également de délicieuses galettes à vous offrir.

— Là, vous me tentez !

— C'est moi qui les ai faites.

Garson ouvrit les mains en signe de reddition.

— Dans ces conditions, comment voulez-vous que je refuse ?

En passant devant la Volkswagen, il éclata de rire : Anya avait peint sur la carrosserie, à côté des bosses, des « Aïe ! Bang ! Scratch ! » de toutes les couleurs.

— Belle œuvre d'art ! C'est temporaire ?

Anya secoua la tête en signe de dénégation.

— Comme le moteur fonctionne parfaitement, j'ai décidé que l'achat du four à micro-ondes venait en priorité. Malheureusement, je commence à douter du bien-fondé de mon raisonnement. Si je veux rentrer dans mes frais, il faut que j'augmente mes ventes, et, pour l'instant, ce n'est pas le cas. Depuis un mois, une seule nouvelle boutique a accepté de prendre...

Elle se tut soudain, gênée de livrer ses soucis à un homme qui l'avait d'emblée inscrite sur sa liste noire.

— Excusez-moi, je vous ennuie avec mes histoires.

— Pas du tout! Je sais ce que c'est. Moi aussi, je dirige ma propre entreprise.

— Vous équipez des plates-formes pétrolières, je sais.

Cette remarque lui valut un coup d'œil méfiant.

— Qui vous a renseignée?

— Une de mes amies m'en a parlé il n'y a pas plus d'une heure.

Garson hocha la tête.

— Quand on a monté sa propre entreprise, il est toujours intéressant de rencontrer quelqu'un qui se lance dans la même expérience. Mais je suis désolé que vos affaires aillent mal.

— C'est pis que ça, malheureusement.

Elle finissait d'exposer sa situation lorsqu'ils atteignirent le cottage. Bert salua Garson avec une chaleur inhabituelle, puis il s'éclipsa pour se rendre au pub.

Après son départ, Anya invita son visiteur à prendre place dans le canapé, puis elle attisa le feu qui brûlait dans le poêle car, même au mois de mai, les soirées étaient fraîches.

— Depuis combien de temps vous êtes-vous lancée dans le commerce des objets artisanaux? demanda Garson en s'installant dans le canapé.

— Depuis qu'Oliver est entré à l'école : après les vacances de Noël. Tant qu'il était à la maison, j'ai préféré m'occuper de lui à plein temps pour lui donner le meilleur départ possible.

— Vous étiez bien jeune pour renoncer à une carrière. Vous n'avez pas l'impression d'étouffer?

La jeune femme acquiesça.

— Parfois si, mais je n'ai pas perdu mon temps : j'ai appris à coudre, à cuisiner et à jardiner. Et puis, on n'entreprend rien si on se préoccupe trop de ses états d'âme.

— Vous avez eu de la chance de pouvoir vous offrir le luxe de rester chez vous.

— Sans l'héritage de mes parents, je n'y serais jamais parvenue.

Un long silence accueillit cette information, puis Garson demanda brusquement :

— Cela vous ennuierait de me montrer vos chefs d'œuvre ?

Sans un mot, Anya lui tendit la boîte de cartes de vœux, puis elle alla chercher une couronne de fleurs séchées.

— C'est du beau travail ! Vos cartes sont superbes.

Le compliment était sincère et Anya le reçut comme tel.

— Merci, dit-elle en s'asseyant à l'autre bout du canapé.

— Comment l'idée de vendre des objets artisanaux vous est-elle venue ?

— Un jour, j'ai composé un bouquet de fleurs séchées qui a arraché des cris d'extase à mon amie Kirsten. Je lui en ai offert un pour son anniversaire, qui a suscité l'admiration de quelqu'un d'autre et, de fil en aiguille, les commandes ont afflué d'un peu partout. Confiante en ma bonne étoile, j'ai diversifié mon travail, puis je me suis lancée sur une plus grande échelle, mais je commence à croire que je me suis lourdement trompée.

— Monter une affaire, quelle qu'elle soit, exige beaucoup de temps et de persévérance.

— Malheureusement, le temps me fait défaut, justement. Si cela ne marche pas, je me demande ce que je vais devenir. Les offres d'emploi pour les traducteurs de français ne courent pas les rues, dans le Dorset, conclut-elle avec anxiété.

— Vos produits sont remarquables, Anya. Vous réussirez.

Posant la main sur celle de la jeune femme dans un geste de réconfort, il plongea les yeux au fond des siens comme pour lui communiquer sa confiance. Un instant, elle fut tentée de s'abandonner contre son épaule, de céder au désir de s'appuyer sur quelqu'un de solide. Mais, sans doute gêné par l'intimité de son geste, il retira brusquement sa main.

— Et ce café ?

La jeune femme bondit sur ses pieds.

— J'en ai pour cinq minutes, dit-elle en se précipitant vers la cuisine.

Lorsqu'elle regagna le living, un plateau dans les mains, Garson avait ôté sa veste et attendait sur le canapé dans une pose nonchalante.

Embarrassée par le regard perçant qui suivait ses moindres mouvements, elle lui tendit une tasse en lançant tout à trac :

— Combien de temps devez-vous rester aux Etats-Unis ?

— Trois semaines.

Il énuméra les Etats et les villes où il devait séjourner en expliquant son emploi du temps.

— C'est un vrai marathon ! s'exclama Anya.

— Un cauchemar, plutôt ! Par moments, je me demande pourquoi je mène cette vie de fou, dit-il en mordant à belles dents dans une galette. Mmm... c'est délicieux !

Il semblait tellement détendu qu'Anya faillit l'interroger sur ses intentions à propos de la propriété. Elle brûlait de savoir s'il l'autorisait à utiliser l'écurie comme atelier, s'il désirait qu'elle payât un loyer et, plus important, quels étaient ses projets à long terme pour les cottages.

Tout en l'observant discrètement, elle se rappela les reproches de Kirsten sur ses angoisses irraisonnées. Au lieu de semer le trouble d'emblée en mettant la question sur le tapis, il valait sans doute mieux attendre que leurs relations soient débarrassées de la tension qui les caractérisait depuis le début.

Malheureusement, la question que lui posa son visiteur provoqua exactement l'effet inverse.

— Quand avez-vous fait l'amour pour la dernière fois ?

De stupeur, Anya faillit renverser son café.

— Vous êtes toujours aussi direct ?

— J'ai pour principe d'aller toujours droit au but. La façon dont vous avez vibré dans mes bras laisse à penser que cela fait longtemps.

— Deux ans.

— Vous aviez une liaison ?

— Disons plutôt que j'étais très liée à un homme avec lequel je comptais faire ma vie.

La précision s'imposait, car Garson ne s'était pas privé d'insinuer qu'il la prenait pour une femme de mœurs extrêmement légères.

— Et cela n'a pas marché ?

— Non. Dirk...

Elle se tut et se mordilla la lèvre.

— Il vous a blessée ? demanda doucement Garson.

— Plutôt terriblement déçue ! murmura-t-elle avec amertume. Dieu merci, c'est fini !

Elle se redressa soudain.

— A présent, vous comprenez pourquoi j'ai réagi un peu trop passionnément à votre baiser.

Il lui lança un étrange regard.

— Je peux pousser la générosité plus loin, si le cœur vous en dit. Si mes souvenirs sont bons, j'ai mentionné une longue nuit dans un bon lit après le café.

Un éclair de fureur traversa les yeux noisette de la jeune femme.

— Eh bien, pas moi ! rétorqua-t-elle d'un ton cinglant. J'ignore pour qui vous me prenez mais je n'ai pas pour habitude de sauter dans le lit du premier venu. Et si j'ai apprécié votre baiser, c'est parce que vous m'avez surprise et que je ne savais plus ce que je faisais.

Un sourire énigmatique éclaira le visage de Garson.

— Dois-je comprendre que ce n'est pas moi en tant que personne qui vous ai tourné la tête ?

— Exactement !

Elle mentait, bien sûr. C'était bien sa proximité, la sensation de ses mains sur son corps et le goût de son baiser qui l'avaient embrasée.

Il la contempla de nouveau d'un regard impénétrable.

— Parlez-moi du père d'Oliver.

Les doigts d'Anya se crispèrent sur l'anse de sa tasse. Devait-elle lui avouer qu'elle n'était pas la mère d'Oliver et révéler la liaison de sa sœur avec le chanteur d'un célèbre groupe de pop ?

Après une courte hésitation, elle y renonça, de peur de ternir la mémoire de sa sœur. Si Garson Deverill lui attribuait une piètre moralité alors qu'elle menait une vie monacale au fin fond de la province anglaise, il risquait de prendre sa sœur pour une véritable Messaline !

— Il n'y a pas grand-chose à en dire, répliqua-t-elle d'un ton évasif.

— Le père d'Oliver n'a pas souhaité vous épouser ?

— Non.

Lorsque Jennie avait annoncé à Lucan Cesari qu'elle était enceinte, celui-ci avait immédiatement nié toute responsabilité. Une attitude qui avait plongé Jennie dans un désarroi absolu.

Un long silence s'abattit sur la pièce. Une bûche craqua soudain dans le poêle, et Garson changea de position sur le canapé.

— Lors de ma dernière visite, nous avons parlé de la décoration de Grange House. Avez-vous des idées précises à ce sujet ?

Soulagée qu'il changeât de sujet, Anya décrivit avec enthousiasme la manière dont elle égaierait la maison en laquant les boiseries, en employant des tissus et des papiers colorés qui mettraient en valeur l'espace et les proportions harmonieuses des pièces.

Garson l'écouta attentivement jusqu'à la fin, puis il déclara :

— Pourriez-vous m'indiquer des entreprises capables d'effectuer aussi bien le gros œuvre que les travaux de décoration ?

— Sans problème.

Ils discutèrent ainsi pendant un bon quart d'heure, puis Garson s'étira en étouffant un bâillement.

— Merci pour vos brillantes idées, et aussi pour le café, mais si je ne pars pas maintenant, vous risquez de vous retrouver avec un zombie sur votre canapé pour la nuit.

Le cœur d'Anya fit un bond dans sa poitrine. L'image de son visiteur étendu sur le canapé avait quelque chose d'infiniment troublant. Par bonheur, elle se ressaisit bien vite.

— Le King's Head est confortable mais il n'a rien d'un palace, dit-elle en accompagnant son hôte à la porte. Je crains que vous ne soyez déçu par rapport aux hôtels que vous fréquentez d'habitude.

— Détrompez-vous ! J'en ai plus qu'assez des tours de marbre sans âme.

Tandis qu'il parlait, ses yeux se posèrent sur la bouche de la jeune femme qui sentit aussitôt son pouls s'accélérer. Allait-il l'embrasser ? se demanda-t-elle, partagée entre la crainte et l'envie.

— Bon... bonsoir, balbutia-t-elle.

— Bonsoir, Anya.

Baissant la tête pour éviter de se cogner, il descendit l'allée d'un pas vif et disparut dans la nuit.

En finissant la vaisselle du petit déjeuner, Anya regarda par la fenêtre. La pluie annoncée était tombée pendant la nuit et un soleil éclatant brillait de nouveau.

Elle se réjouit qu'il ne fût que 9 heures car, compte tenu de son état de fatigue, Garson se lèverait sûrement tard, et elle serait déjà partie pour la plage lorsqu'il arriverait à Grange House. Après une nuit agitée passée à se retourner dans tous les sens, elle redoutait de croiser son nouveau propriétaire. La façon dont elle s'était abandonnée dans ses bras l'incitait à éviter toute nouvelle tentation. Moins elle verrait Garson Deverill, mieux elle se porterait.

Elle monta à l'étage pour prendre des serviettes et son maillot de bain ainsi que celui d'Oliver.

Une fois prête, elle sortit du cottage pour aller chercher Oliver qui jouait dans le jardin de Grange House. Elle contournait l'écurie lorsqu'un bruit de voix lui fit ralentir le pas. Oliver discutait avec quelqu'un. La main en visière pour se protéger du soleil, elle regarda en direction de la cabane que son neveu avait construite dans un arbre, et aperçut un homme de dos, accroupi sur ses talons. Une flambée de colère la submergea à l'idée que Roger cherchait à amadouer son neveu. Ce crampon ne reculait devant rien !

A cet instant, Oliver haussa le ton.

— Moi, j'ai un grand-oncle. Il s'appelle David et il est marié à ma tante Jane. Ils sont partis vivre au Brésil. Henry Collins, un garçon de ma classe, il a plein d'oncles, lui. Il y en a même un qui vient de s'installer avec sa mère, et il lui achète plein de pizzas et de jeux vidéo.

Le petit garçon se mit soudain à pouffer.

— Il prend aussi son bain avec la maman d'Henry.

Anya fit la grimace. Les « oncles » d'Henry Collins suscitaient des cancans à travers tout le village. Depuis le départ de son père, l'année précédente, il y en avait eu trois. Le dernier en date, un individu couvert de tatouages, avait emménagé chez Mme Collins deux mois auparavant.

Soudain, Anya se souvint que c'était avec Henry Collins qu'Oliver s'était bagarré.

L'homme répondit quelque chose qu'Anya ne comprit pas, puis Oliver déclara :

— Vous voulez bien être mon oncle ?

Anya se précipita, affolée.

— Il est temps de partir ! cria-t-elle. Va chercher ton seau et ta pelle, Oliver.

Lorsque l'homme se redressa en se retournant, Anya reconnut avec effarement Garson Deverill.

— C'est vous ? s'exclama-t-elle. Mais... il est très tôt et... et je n'ai pas vu votre voiture.

— La matinée était si belle que je n'ai pas résisté au plaisir de marcher.

Une nuit de sommeil l'avait transformé. Il rayonnait d'énergie et de vitalité. Vêtu d'un jean et d'une chemise à carreaux, il paraissait aussi infiniment plus jeune et plus athlétique. Il évoquait une panthère, songea-t-elle tandis qu'il s'approchait d'elle. Il possédait la même grâce, la même souplesse, le même magnétisme...

Dégringolant en toute hâte de sa cabane, Oliver les rejoignit bientôt.

— Où sont ton seau et ta pelle ? lui demanda la jeune femme.

— Dans mon coffre à jouets.

— File les chercher.

Le garçon adressa un sourire lumineux à Garson.

— Au revoir, monsieur.

— Au revoir, Oliver, répondit Garson en lui ébouriffant les cheveux d'un geste affectueux.

Ravi à la perspective de passer la journée au bord de la mer, l'enfant s'élança comme une flèche vers le cottage.

— Pourquoi questionniez-vous Oliver sur sa famille? déclara Anya d'un ton glacial. Cela ne vous regarde pas.

— Je ne l'interrogeais pas. C'est lui qui a choisi ce sujet de conversation.

— Ça alors!

Confuse, Anya sentit ses joues s'empourprer. Par bonheur, son embarras fut de courte durée car Garson embraya aussitôt sur un autre sujet.

— J'ai une proposition à vous faire. J'aimerais que vous m'accompagniez à Grange House pour m'expliquer en détail vos idées de rénovation. Ensuite, je souhaiterais que vous preniez contact avec les entreprises et que vous supervisiez les travaux.

Un rire incrédule échappa à Anya.

— Vous me feriez confiance?

— Oui.

— Je vous préviens, j'ai des goûts plutôt classiques. Si vous comptez installer un bar dans le salon et des Jacuzzi dans les salles de bains, je crains de ne pas pouvoir vous suivre.

— Vous oubliez les lustres de cristal dans chaque pièce, les robinets en or dans la cuisine et les miroirs au plafond, ajouta-t-il d'un ton railleur.

— Euh... pourquoi pas.

Garson secoua la tête.

— Je conduis peut-être une Maserati, mais je suis un homme simple, Anya. Je n'ai aucune envie de transformer cette maison en château d'opérette. Il est bien entendu que je vous paierai.

Il cita un chiffre trois fois plus important que ce qu'elle gagnait péniblement en un mois.

— Qu'en dites-vous ?

— C'est très généreux de votre part, mais je n'ai pas besoin qu'on me fasse l'aumône, dit-elle en relevant fièrement le menton.

— Qui vous parle d'aumône ?

— Après mes confidences d'hier soir, vous savez parfaitement que je traverse une période difficile.

— Et vous en déduisez que j'agis par charité ! Désolé, ma chère, mais je vous engage pour que vous vous occupiez des tracasseries inhérentes à ce genre d'opération. C'est moi que je veux soulager, pas vous.

Rassurée, Anya lui dédia un franc sourire. La proposition la tentait terriblement. Aménager Grange House l'amuserait énormément tout en la sauvant financièrement. Cela aurait tout à fait ressemblé à un rêve s'il n'était resté un détail d'importance à régler.

— Je vous préviens, il n'est pas question que j'abandonne mon travail ni que je sois à votre entière disposition à toute heure du jour et de la nuit.

— Ce n'est pas ce que je souhaite. En revanche, je dois pouvoir compter sur vous pour aplanir tous les problèmes qui se présenteront.

— Dans ce cas, c'est d'accord !

4.

Anya referma la liasse d'échantillons et en prit une autre. Après avoir choisi les rideaux des chambres et du salon, il lui restait à trouver ceux de la salle à manger. Comme il s'agissait d'une pièce lambrissée, Garson et elle avaient décidé d'opter pour un tissu chatoyant aux teintes chaudes. Son regard tomba à cet instant sur un shantung de soie safran dont elle nota minutieusement la référence dans son carnet.

D'ordinaire, elle envoyait les échantillons à la secrétaire de Garson, à Londres, qui se chargeait ensuite de les faire parvenir à son patron. Mais puisqu'il arrivait ce soir à Grange House pour le week-end, Anya pourrait en discuter directement avec lui.

Sur le chemin du retour, la jeune femme s'étonna une fois de plus de la facilité de leur collaboration et de la coïncidence de leurs goûts. Depuis le début des travaux, ils tombaient toujours d'accord, sauf une fois où Garson lui avait demandé de remplacer des carreaux de salle de bains blancs par des crème. Et il avait bien fait car la tonalité assourdie était plus douce à l'œil que le blanc pur.

L'attitude de Garson à son égard avait également évolué. Il se montrait plus ouvert, plus chaleureux. Toutefois, elle percevait toujours une certaine réticence qu'elle ne savait à quoi attribuer. Sa théorie selon laquelle il voulait l'expulser et cherchait à apaiser sa mauvaise conscience en la traitant comme une ennemie ne tenait pas debout, car il n'avait jamais fait la moindre allusion dans ce sens.

Elle esquissa une petite moue de dérision. A quoi bon s'inquiéter, après tout? Si Garson Deverill éprouvait des réserves à son égard, c'était son problème. Le sien, hélas, était plus complexe. Si elle lui était reconnaissante de la sauver en lui versant un salaire généreux, elle se demandait parfois si le danger qui la menaçait n'était pas lié au charme de son sauveur plutôt qu'à la faillite.

Lors des trois visites éclairs qu'il avait effectuées en deux mois, il avait gardé ses distances. Néanmoins, même s'il n'avait pas osé le moindre geste ou la moindre parole équivoque, chacune de leurs rencontres provoquait en elle une émotion indescriptible. Elle devenait de plus en plus sensible à son pouvoir de séduction, fait de sensualité et de magnétisme, dont il ne semblait même pas conscient.

Lorsque son travail à Grange House prendrait fin, elle n'aurait plus aucune raison de rester en contact avec lui, mais cela la priverait malheureusement d'une source de revenus appréciable. L'afflux de touristes pendant les mois d'été lui avait permis d'augmenter ses ventes, mais à l'automne, le problème financier se poserait de nouveau.

La jeune femme haussa les épaules avec fatalisme. Elle s'était toujours débrouillée, jusqu'ici, il n'y avait pas de raison pour que ça change.

Un peu inquiète, elle consulta sa montre. Profitant du fait qu'Oliver était invité à un goûter d'anniversaire, elle s'était absentée toute la journée pour dénicher des boutons de porte en cuivre, des appliques, des patères et autres babioles, et il lui restait peu de temps pour récupérer son neveu à l'heure dite.

⁂

— Tu crois que M. Deverill viendra me voir avant que je me couche? demanda Oliver, deux heures plus tard.

— Il te l'a promis! répéta Anya pour la dixième fois en un quart d'heure.

Ils se trouvaient dans le jardin. Oliver jouait avec le ballon argenté qu'il avait rapporté de son goûter, pendant qu'Anya coupait des fleurs pour l'une de ses compositions. Elle aimait ces longues soirées d'été où le parfum des fleurs embaumait l'air et où l'atmosphère respirait le calme et la sérénité.

— Je peux l'attendre pour me coucher? insista Oliver.

— Si tu veux.

L'avion de Garson avait dû atterrir vers 6 h 30, ce qui signifiait qu'il serait à Grange House dans très peu de temps.

— Sauf si son avion a été retardé, ajouta-t-elle, prudemment.

— S'il avait eu du retard, il nous aurait téléphoné ou envoyé un fax, décréta Oliver.

Cette remarque rendit la jeune femme songeuse. En acceptant de travailler pour Garson, elle avait reconnu la nécessité d'installer un fax au cottage pour faciliter leurs communications. Bien entendu, Oliver avait supplié qu'on le laissât envoyer un message et, comme il avait très vite maîtrisé le fonctionnement de la machine, Garson avait suggéré qu'il continuât, si bien qu'une abondante correspondance s'était peu à peu développée entre eux deux.

A la recherche d'éventuelles imperfections, Anya examina les fleurs avec attention sans cesser pour autant de réfléchir. Elle avait pensé que, par manque de temps, Garson perdrait vite tout intérêt pour le petit garçon, mais elle s'était trompée. En fait, grâce à leurs échanges de lettres et aux visites de Garson, un lien se tissait peu à peu entre eux. Un lien de plus en plus important, même, se dit-elle en regagnant l'écurie, une brassée de fleurs dans les bras. Or, si Oliver se réjouissait de ses relations avec Garson, elle ne pouvait s'empêcher d'éprouver une certaine appréhension. Cet homme la troublait trop pour qu'elle lui permît de devenir un proche. Et puis, que savait-elle de lui au juste ? Rien ou presque...

— Le voilà ! cria Oliver.

Anya se précipita à la porte de l'écurie juste à temps pour voir la Maserati stopper dans la cour.

La gorge sèche, elle regarda Garson descendre de voiture. Cette silhouette vêtue d'un costume sombre lui était devenue si familière en si peu de temps ! Rien qu'à l'apercevoir, son pouls s'accélérait et son cœur battait la chamade. Une réaction qui frisait le pathétique, elle en était consciente et s'en irritait, mais contre laquelle elle était absolument impuissante.

Garson souleva Oliver dans ses bras et l'enfant se jeta à son cou en parlant à tort et à travers.

— M. Deverill est là pour quatre jours ! déclara Oliver quand Anya les rejoignit.

Anya eut l'impression que la terre s'ouvrait sous ses pieds. Elle s'était mentalement préparée à un week-end, mais quatre jours lui parurent au-dessus de ses forces.

— Vous ne m'aviez pas prévenue.

— Oh, oh ! Ce regard meurtrier signifie-t-il que vous m'étrangleriez sur place si vous le pouviez ?

Gênée, Anya rougit jusqu'aux oreilles.

— Non, mais...

— Ouf, je respire !

— C'est juste que... je suis surprise, c'est tout.

— Je me suis décidé dans l'avion, expliqua Garson. En fait, j'ai envie de chiner un peu dans les environs. Il me semble urgent de meubler cette maison si je veux enfin pouvoir en profiter.

Anya esquissa un sourire contraint.

— Bien sûr.

Comme Oliver serrait les bras autour du cou de son héros au point de l'étouffer, elle déclara :

— Tu es un peu grand pour être porté dans les bras, Oliver. Et puis M. Deverill doit être fatigué.

— Pourquoi insistez-vous pour qu'il m'appelle M. Deverill ? demanda celui-ci en reposant le petit garçon par terre. Je trouve ce formalisme un peu démodé.

— Peut-être, mais je ne tiens pas à ce qu'il se montre trop...

— Trop familier ? coupa Garson avec une pointe d'agressivité.

Etonnée de ce brusque changement de ton, Anya le regarda sans comprendre.

— Eh bien... oui.

— Je pourrais vous appeler oncle Garson ? suggéra Oliver.

Songeant aux « oncles » d'Henry Collins, Anya secoua la tête.

— Contente-toi de M. Deverill. D'ailleurs, maintenant que tu l'as vu, il est l'heure d'aller te coucher.

— Non !

— Il est très tard, Oliver. Même si tu n'as pas classe demain...

— J'irai pas !

— Oliver, monte tout de suite...

Avant qu'elle pût achever sa phrase, le petit garçon la frappa de toutes ses forces avec son ballon.

— Non, j'veux pas !

— Ça suffit, Oliver !

La voix de Garson cingla comme un coup de fouet et, comme par miracle, Oliver cessa immédiatement son caprice.

— Il faut obéir à ta mère, poursuivit Garson d'une

voix radoucie. De toute façon, je ne reste pas. Il faut que j'aille au King's Head pour savoir si on peut me loger deux nuits supplémentaires. On se verra demain, d'accord?

Oliver acquiesça d'un air contrit.

— D'accord, marmonna-t-il.

— Et plus de cabotinage, petit monstre! lui enjoignit Garson avec un clin d'œil.

Cette scène suscita des sentiments partagés chez Anya. D'un côté, elle était reconnaissante à Garson de son intervention; de l'autre, elle lui en voulait. En effet, à quel titre Garson se permettait-il de le réprimander?

— Viens, dit-elle en prenant son neveu par la main. Il est temps de prendre ton bain.

Avant qu'elle s'éloignât, Garson lui murmura à l'oreille:

— Puis-je revenir après le dîner? Il y a plusieurs choses dont j'aimerais discuter avec vous.

Bien qu'un peu étonnée, Anya acquiesça sans un mot.

En prenant son bain, Oliver raconta qu'il y avait un clown à l'anniversaire de son ami. Il décrivit ses facéties avec force détails, puis conclut sa démonstration en demandant s'il pourrait y en avoir un à son prochain goûter d'anniversaire.

Anya promit d'y réfléchir en espérant qu'il aurait oublié d'ici là, car jamais elle ne pourrait se permettre ce genre d'extravagance. Cela dit, le problème se poserait de nouveau sous une autre forme. En grandissant, Oliver aurait envie d'une bicyclette, puis d'un ordinateur ou de Dieu sait quelle merveille technologique qu'elle n'aurait jamais les moyens de lui offrir.

Oliver avait à peine posé la tête sur l'oreiller qu'il s'endormit, épuisé par sa journée. Au moment où Anya regagnait le salon, on frappa un léger coup à la porte. Etonnée que Garson revînt aussi vite, elle alla ouvrir et se retrouva nez à nez avec Roger Adlam.

Un mois auparavant, il avait brusquement cessé de lui faire la cour. Peu après, Anya avait appris par Kirsten qu'il fréquentait assidûment, Fiona, la fille d'un agriculteur des environs, et qu'il clamait à qui voulait l'entendre qu'il avait enfin rencontré le grand amour, tandis que Fiona parlait déjà de fiançailles.

— Bonsoir, Roger, dit-elle. Où en sont tes amours avec Fiona ?

— Il n'y a pas d'amours, répliqua-t-il.

— Une querelle ? Je suis certaine que vous allez vous réconcilier.

Un petit rire échappa à Roger.

— Nous ne nous sommes pas fâchés, c'est moi qui ai rompu.

— Pourquoi ça ? Fiona est une fille charmante.

— Charmante mais ennuyeuse à mourir.

Roger fit mine d'entrer dans le cottage, mais Anya eut le réflexe de lui barrer le passage. Une lueur d'hésitation traversa le regard de Roger, puis il s'éclaircit la gorge.

— Je sais que tu finiras par me pardonner, murmura-t-il.

— Te pardonner quoi ?

— De t'avoir laissée tomber. Sèche tes larmes, Anya, je reviens.

Il fit une pause comme s'il attendait des cris d'enthousiasme puis, comme ceux-ci ne venaient pas, il reprit :

— Tu es différente des autres filles, Anya. C'est toi que je veux, pas une autre.

Avant qu'elle pût réagir, il enfouit sa tête dans le cou de la jeune femme qu'il dévora de baisers ardents.

A ce contact, Anya frissonna de dégoût.

— Lâche-moi !

Roger redressa la tête, stupéfait.

— Comment ça ?

— Laisse-moi !

— Ecoute, Anya, je sais que...

— Tu ne sais rien du tout, explosa-t-elle. Tu n'es qu'un prétentieux qui se comporte avec la finesse d'un rhinocéros en train de charger. Maintenant, mets-toi bien ça en tête : j'étais soulagée quand tu as cessé de me harceler, et je n'aurais jamais eu l'idée de verser une larme, c'est clair ?

— Mais...

— Tais-toi ! Depuis le début de l'année, j'essaie de te faire comprendre en douceur que tu ne m'intéresses pas, mais tu persistes à me harceler. Fiche-moi la paix une fois pour toutes et retourne dans les bras de Fiona. Elle, elle t'aime, au moins.

Roger pâlit brusquement.

— Bi... bien... Si c'est ce que tu penses, dit-il en reculant d'un pas.

A cet instant, Anya aperçut Garson près de la barrière. Il avait troqué son sévère costume d'homme d'affaires pour un polo noir et un jean, et il tenait quelque chose à la main.

— Si je t'ai empoisonné la vie, je suis désolé, commença Roger d'un air penaud.

Il semblait sur le point de se livrer à un acte de contrition en bonne et due forme lorsqu'il découvrit la présence de Garson.

— Excusez-moi, murmura-t-il.

Saluant Garson d'un bref signe de tête, il se hâta vers sa camionnette et démarra sur les chapeaux de roue.

— Bravo ! s'exclama Garson en remontant l'allée. Magnifique performance !

— A votre air goguenard, je suppose que vous n'avez pas perdu une miette du spectacle, observa Anya d'un ton pincé.

— J'étais subjugué. Pauvre type ! Si les regards pouvaient tuer, il serait mort sur-le-champ.

— Roger n'est pas un pauvre type ! C'est un vaniteux et un vrai danger public pour la population féminine.

— A mon avis, cette expérience va le faire réfléchir. Mais que Dieu me préserve de vos foudres ! Je n'aimerais pas subir le même sort que ce pauvre Roger.

— Oh ! Vous tiendriez le coup !

— Vous croyez ?

— J'en suis certaine.

Face à face, ils se défièrent du regard un court instant, puis Garson marmonna entre ses dents :

— Vous avez bigrement raison !

En pénétrant dans le living à la suite de la jeune femme, il brandit une bouteille de champagne qu'il tenait cachée derrière son dos.

— Voilà de quoi fêter la restauration de Grange House et vous remercier d'y avoir très largement contribué.

Anya sourit, ravie.

— Je n'ai pas de flûtes, je vous préviens.

— Qu'importe le flacon, pourvu qu'on ait l'ivresse !

Quelques instants plus tard, le bouchon sautait joyeusement, et Garson versait le liquide doré dans des verres.

— Avec mes sincères remerciements pour les efforts que vous avez déployés, dit-il en levant le sien.

Anya savoura une gorgée avec délectation.

— Hmm... c'est délicieux. Je ne me souviens pas quand j'ai bu du champagne pour la dernière fois.

— Dans ce cas, profitez-en.

Dans le silence qui suivit, Anya alluma une lampe car la lumière du jour déclinait rapidement et l'ombre emplissait graduellement la pièce.

— Vous rendez-vous compte que vous êtes votre pire ennemie ? déclara Garson brusquement.

— Comment ça ?

— Eh bien, grâce à votre efficacité, les travaux qui devaient durer plusieurs mois ont été bouclés en un temps record.

Seul le désir de lui prouver qu'elle était capable de travailler dur l'avait poussée à accélérer les choses. Mais cela, il l'ignorait.

— Le proverbe ne dit-il pas que si un travail mérite d'être exécuté, autant s'acquitter de sa tâche au mieux ? répliqua-t-elle d'un ton léger. D'autre part, je ne tiens pas à abuser davantage de votre générosité.

Garson la rejoignit sur le canapé.

— J'en suis conscient, et je vous dois des excuses à ce sujet. Je vous ai attribué de nombreux défauts et je m'en repens amèrement. Vous n'êtes ni frivole ni inconstante ni irréfléchie.

Un sourire de pur bonheur se dessina sur les lèvres d'Anya. Ces mots qu'elle avait rêvé d'entendre lui mettaient tant de baume au cœur ! Et ces excuses lui furent d'autant plus douces qu'à son avis, Garson en présentait rarement.

Une subite envie de le taquiner s'empara d'elle.

— J'espère que vous allez me supplier de vous accorder mon pardon !

— Je suis même prêt à me prosterner à vos pieds, si vous l'exigez, murmura-t-il avec un sourire irrésistible.

— Excellente idée !

Il poussa un gémissement désespéré.

— Seigneur ! Pourquoi ai-je fait une proposition aussi stupide ?

— Essayeriez-vous de vous dérober, maintenant ?

Une lueur malicieuse se mit à danser dans les yeux de Garson.

— Loin de moi cette intention, mais si je m'allonge par terre, je ne pourrai pas résister à l'envie de vous entraîner avec moi.

Le cœur d'Anya s'affola. Il ne plaisantait pas. Elle le devina au regard brûlant qu'il posait sur elle, à la soudaine fixité de ses traits, au son étrange de sa voix.

— Vous êtes très belle, Anya. Il est dommage que vous passiez vos nuits toute seule.

— Dans ma situation, les occasions de nouer des liens sentimentaux sont plutôt restreintes. Et puis, rares sont les hommes prêts à s'embarrasser d'une femme qui a déjà un enfant... Oh, zut !

En effectuant un ample geste pour souligner sa démonstration, Anya renversa une partie du champagne sur sa main. Posant aussitôt son verre sur la table, elle se leva pour se rendre dans la cuisine, mais Garson l'obligea à se rasseoir et entreprit de l'essuyer avec son mouchoir.

Très raide, Anya se laissa faire sans protester. Mais ce calme apparent cachait un grand tumulte intérieur. Le contact furtif de la main de Garson sur la sienne, la douceur de ses gestes provoquèrent en elle mille sensations délicieuses. Lorsqu'il eut fini, Garson lui effleura le creux du poignet, traçant par petites touches des cercles aériens, si légers, si délicats qu'on aurait cru qu'il s'agissait d'une plume. Un frémissement voluptueux parcourut la jeune femme. La tête lui tournait. Ce geste si simple n'avait rien d'anodin, et il le savait : cela se voyait à l'éclat de ses yeux bleus.

Soudain, il cessa de la caresser sans la relâcher pour autant. Son sourire s'évanouit, tandis qu'une expression infiniment plus troublante naissait dans son regard.

— Je me demande si vos lèvres ont le goût du champagne, chuchota-t-il en les effleurant d'un baiser.

Un petit rire de gorge échappa à Anya. Loin de l'offusquer, ce flirt outrancier l'amusait. Elle se sentait légère et libre comme une bulle de champagne.

— Alors ? demanda-t-elle.

— Elles ont plutôt un goût de...

Il l'embrassa de nouveau, comme pour s'assurer de ce qu'il allait dire.

— ... de framboise.

— J'espère que non.

Garson lui donna un autre baiser rapide.

— Vous avez raison. Elles ont un goût de nectar. De pur nectar.

Cette fois, il prit possession de sa bouche avec ardeur. Dans un gémissement sourd, elle noua les mains sur la nuque de Garson et se blottit étroitement contre lui, consumée par une passion qui la surprit par son ampleur.

— Encore ? chuchota-t-il en la libérant.

— Encore !

Son souffle chaud lui caressa l'oreille, les tempes, les paupières, au fur et à mesure qu'il parsemait son visage de baisers. Il y avait si longtemps qu'aucun homme ne l'avait embrassée ainsi... Et bien plus longtemps encore qu'elle n'avait éprouvé ce lancinant vertige des sens. Garson poursuivit son exploration, ses mains envahissaient le corps de la jeune femme en un jeu voluptueux qui la mit au supplice.

En elle, le désir enflait, brûlant, torride, irrésistible. Elle n'aspirait qu'à goûter la saveur de cette peau souple qu'elle devinait à travers l'étoffe de la chemise, à se fondre en lui, à partager avec lui ce don total que les amants se font l'un à l'autre. Instinctivement, elle se pressa contre lui en un appel muet. Mais il l'écarta doucement pour parcourir les courbes de son corps d'un regard fiévreux.

— Je me demande si le reste de votre personne est aussi exquis.

Le timbre assourdi de la voix, l'éclat sombre du regard, la chaleur de ce corps viril plaqué contre le sien trahissaient un désir égal au sien. Et soudain, elle eut peur. Peur de s'engager avec un homme dont elle ignorait presque tout, peur de commettre une folie qu'elle risquait de regretter amèrement par la suite...

— Garson ? Je... je crois que nous devrions en rester là.

Sa voix rendit un son pitoyable, à la limite du ridicule. Il sembla abasourdi.

— Pardon ?

— J'ai l'impression que le champagne m'est monté à la tête, murmura-t-elle. Je... je ne peux pas me lancer dans une relation sentimentale en ce moment.

Surmontant très vite sa surprise, Garson déclara d'une voix étrange :

— Moi non plus.

Quittant brusquement le canapé, il s'approcha de la fenêtre d'où il contempla le crépuscule finissant.

— Le champagne m'a également tourné la tête.

A sa façon de se tenir très raide, Anya devina qu'il partageait ses doutes sur le bien-fondé d'une liaison entre eux. Preuve qu'il respectait et comprenait sa décision.

Rassurée, elle déclara d'un ton posé :

— J'imagine que vous avez fait un saut à Grange House. Que pensez-vous des derniers travaux ?

— C'est parfait. Plus que parfait, même ! ajouta-t-il en se tournant vers elle.

Anya rosit de plaisir.

— Je savais que la maison avait du répondant, mais je n'avais jamais pensé qu'elle deviendrait aussi belle.

— Moi non plus. Cela dit, ce n'est pas de Grange House que je veux discuter.

Traversant la pièce en deux enjambées, il se posta devant elle d'un air soucieux.

— Je ne sais pas par où commencer.

Jamais Anya ne lui avait vu ce visage grave ni cette mine hésitante. Et, soudain, elle comprit.

— Il s'agit des cottages ! s'exclama-t-elle d'une voix blanche. Vous allez les vendre ?

— Non.

— Les rénover, alors ?

Garson s'assit de nouveau sur le canapé en veillant à garder ses distances.

— Oui, mais...

— Si vous augmentez le loyer, je serai obligée de quitter Lidden Magnor !

— Anya ! J'ai l'intention de restaurer les cottages mais pas d'augmenter le loyer.

Elle le dévisagea d'un air incrédule.

— Comment ça ?

— Je tiens à ce que vous restiez, Bert et vous.

Un sourire radieux illumina le visage de la jeune femme.

— Oh, merci ! Mille fois merci. Et je pourrai continuer à travailler dans l'écurie ?

— Et à couper des fleurs dans le jardin.

Les larmes aux yeux, elle lui adressa un regard éperdu de gratitude.

— Pourquoi tenez-vous tellement à rester dans ce village ? demanda-t-il. Vous y avez habité dans votre enfance ? Vous n'avez pas l'accent de la région, pourtant. D'ailleurs, vous n'avez pas d'accent particulier.

— Je ne suis jamais restée plus de deux ans dans un endroit. Mon père était officier et nous déménagions tous les deux ans en Angleterre ou à l'étranger. Cette vie de nomade nous empêchait de nous faire des amis. Nous formions une famille unie, mais j'ai toujours eu envie de créer des racines quelque part, d'appartenir à un endroit. J'ai choisi Lidden Magnor parce que mes parents y avaient loué un bungalow, un été, et que je conservais un souvenir ébloui de la région. Après la naissance d'Oliver, j'ai vécu un an dans le Yorkshire chez mon oncle et ma tante, mais nous ne pouvions pas y rester indéfiniment.

— Pourquoi ? Il n'y avait pas assez de place ?

— Si, mais j'avais besoin d'indépendance. Et puis, je sentais bien qu'ils réprouvaient les circonstances dans lesquelles Oliver était né.

— Ils vous reprochaient de ne pas avoir de mari.

— Plus ou moins.

— C'est cet oncle-là qui est parti au Brésil ?

— Oui, pour deux ans. Je l'aime beaucoup, néanmoins, mais il nous suffit de nous voir une ou deux fois par an à l'occasion des fêtes.

— Vous avez donc choisi Lidden Magnor pour y créer vos racines.

— Et celles d'Oliver ! conclut-elle en levant son verre de champagne.

Garson porta un toast.

— A vous et à votre fils !

L'esprit ailleurs, Anya vida son verre sans même s'en rendre compte. Devait-elle ou non lui révéler qu'Oliver était son neveu ? Etant donné la façon dont leurs relations évoluaient, elle penchait sérieusement pour le oui. Elle débattait sur la manière de lui annoncer la chose lorsque Garson reprit brusquement la parole.

— En fait, c'était d'Oliver que je voulais vous parler. Je comprends pourquoi vous avez refusé qu'il m'appelle oncle Garson mais, à la différence des oncles de son ami, je suis authentique.

Anya le contempla, éberluée.

— Pardon ?

Les yeux bleus de Garson réflétaient un calme olympien lorsqu'ils croisèrent ceux de la jeune femme.

— Je suis le frère de Lucan Cesari.

5.

Anya s'esclaffa.

— Lucan Cesari n'a pas de frère mais deux sœurs qui l'adorent !

Quelle chance que Jennie lui eût raconté ces détails au sujet de son amant, sinon l'expression sincère de Garson l'aurait convaincue.

— Il n'y a jamais eu que Luke et moi dans la famille, déclara-t-il, imperturbable.

— Au nom de quoi devrais-je vous croire ? Vous ne lui ressemblez absolument pas.

Elle n'avait jamais été présentée au chanteur mais elle l'avait vu à la télévision. Il était grand et mince, avec de longs cheveux noirs qui lui descendaient jusqu'au milieu du dos et des yeux également noirs et profonds, à l'opposé du regard clair de son soi-disant frère.

— Je ressemble à mon père, et Luke a tout pris de notre mère.

Bien que troublée par l'assurance de son interlocuteur, Anya s'entêta.

— Lucan Cesari est d'origine italienne. Pas vous, que je sache ?

— Ma mère est à moitié italienne, d'où le pseudonyme de Cesari qui était le nom de jeune fille de ma grand-mère. D'autre part, pour l'état civil, Lucan s'appelait Luke.

En proie à la plus grande confusion, Anya tenta de remettre un peu d'ordre dans son esprit.

Quelques minutes auparavant, elle s'apprêtait à divulguer la vérité sur la nature de ses liens avec Oliver, mais la révélation de Garson changeait tout. Une menace planait soudain sur la vie tranquille qu'elle menait avec son neveu. Elle avait l'impression de se retrouver au beau milieu d'un champ de mines où elle risquait à chaque instant de perdre ce qu'elle avait de plus précieux.

— Pourquoi prétend-il avoir des sœurs si elles n'existent pas ?

— Il s'est inventé une famille imaginaire pour qu'on ne risque pas de l'associer à mon père ou à moi. Il voulait être apprécié pour lui-même, non parce qu'il était le fils d'un ancien membre du parlement ou le frère d'un homme d'affaires célèbre. Dans ce cas, il se serait senti privé de sa véritable identité, un peu comme si nous lui avions volé la vedette.

Il sortit alors de sa veste une photo qu'il tendit à la jeune femme.

— Elle a été prise lors d'une réunion de famille, il y a à peu près un an.

Garson et le chanteur se tenaient par les épaules en souriant à l'objectif. La première chose qui sauta aux yeux de la jeune femme fut leur différence physique. Garson était plus mûr, plus viril, plus athlétique, comparé à Lucan Cesari dont le visage évoquait celui d'un éternel adolescent. Puis, après un examen plus attentif, elle discerna des similitudes : les pommettes hautes, les cheveux noirs très fournis, le sourire charmeur... Cette constatation l'affola.

Pendant des années, elle avait caressé l'espoir que le

chanteur reviendrait sur son attitude et qu'il prendrait contact avec son fils, mais cette idée l'emplissait à présent de terreur.

— C'est Lucan Cesari qui vous a envoyé ici? demanda-t-elle d'un ton acerbe. Maintenant qu'Oliver a passé le cap de la petite enfance, il se décide enfin à reconnaître son existence? Mais c'est trop tard. Et s'il cherche à en obtenir la garde, il perd son temps. Il n'a aucun droit sur Oliver. Aucun.

Elle répéta ce dernier mot pour s'en persuader car Lucan Cesari avait un droit, justement, et pas n'importe lequel.

Curieusement, Garson sembla hésiter avant de prendre la parole.

— Il ne m'a pas envoyé ici. Et il ne désire pas la garde d'Oliver, répliqua-t-il enfin.

A ces mots, l'angoisse d'Anya s'apaisa un peu.

— Pourtant, si vous êtes venu à Lidden Magnor, c'est bien pour nous retrouver, Oliver et moi, n'est-ce pas?

— Oui.

— Quand vous m'avez interrogée sur le père d'Oliver, vous jouiez la comédie!

Il ne chercha même pas à nier.

— En effet.

— En revanche, lors de notre première rencontre, vous ignoriez qui j'étais. Votre frère ne vous avait pas fourni de description?

— Il ne m'a jamais parlé de vous. Ni d'Oliver.

Anya blêmit. Sa sœur et son neveu avaient décidément bien peu compté pour le chanteur.

— Dans ce cas, comment avez-vous découvert notre existence? Et comment avez-vous appris que nous habitions ici?

— Anya, j'utilise le passé depuis le début de cette

conversation, murmura Garson d'un air sombre. Je suis désolé de vous l'apprendre aussi brutalement, mais Luke est mort.

Un silence pesant s'abattit sur la pièce, puis Anya songea à Oliver qui ne connaîtrait jamais ni son père ni sa mère.

— Mort ? répéta-t-elle, abasourdie. C'est... c'est affreux.

— Il s'est tué aux Caraïbes, en février dernier. Un accident lors d'une course de bateaux. Au début, j'ai cru que vous étiez au courant.

— Vous auriez dû me dire qui vous étiez dès le départ ! Vous avez agi d'une façon malhonnête !

Anya frémissait de colère. Elle aussi avait menti, mais c'était pour protéger son neveu des racontars, alors que Garson avait délibérément dissimulé la vérité pour une raison qu'elle ignorait mais qui lui donnait froid dans le dos.

— D'ailleurs, reprit-elle, si Lucan Cesari n'a jamais parlé de nous, comment avez-vous deviné qui j'étais lorsque je vous ai dit mon nom ?

— L'un des membres de son groupe se rappelait que vous vous appeliez Prescott. En revanche, il a été incapable de me communiquer votre prénom parce que Luke vous surnommait Vashti.

Anya avait gommé ce détail de sa mémoire, mais Lucan Cesari avait en effet exigé de sa sœur qu'elle choisît un nom plus exotique que Jennie.

Anya se raidit tandis qu'elle prenait conscience d'un autre fait.

— Sans nous, vous ne vous seriez jamais intéressé à Grange House, n'est-ce pas ?

Il acquiesça d'un hochement de tête.

— Comme vous étiez absente lors de ma première visite, j'ai eu un prétexte pour revenir.

— Tous vos beaux discours sur la nécessité de connaître le voisinage n'étaient que des mensonges, alors ?

Nullement troublé par l'accusation, il répliqua d'un ton posé :

— J'avais besoin de m'informer.

— D'où votre scandaleux interrogatoire sur ma vie amoureuse ! Ensuite, vous avez insisté pour m'accompagner à l'école afin de voir Oliver. Et ce n'est qu'ensuite que vous avez décidé d'acheter Grange House, pas avant.

— Il fallait que je m'assure qu'il était bien le fils de Luke. Il se trouve que c'est son portrait craché.

— Dieu merci, nous échapperons aux tests sanguins et autres vérifications d'usage ! lança-t-elle d'un ton cinglant.

— Pourquoi êtes-vous si agressive ?

— Pourquoi avez-vous joué ce double jeu ? riposta-t-elle avec violence. Quand je pense à la façon ignoble dont vous avez testé ma moralité en me proposant de faire l'amour avec vous ! Vous m'écœurez !

— Je ne vous testais qu'en partie.

— Comment ça, en partie ? Vous auriez fait l'amour avec moi si j'avais été consentante ?

Les yeux de Garson la scrutèrent, intenses, énigmatiques.

— Vous êtes une femme très désirable.

Anya ignora cette dernière remarque, tout comme elle ignora le frisson qui la parcourait.

— Pourquoi vous êtes-vous chargé de mener l'enquête au lieu de confier cette mission à des détectives, puisque vous détestez les corvées qui vous détournent de votre sacro-saint travail ? Remarquez, vous excellez dans le rôle d'espion. Quand je pense que vous êtes parvenu à gagner l'affection d'Oliver et à vous insinuer dans ma vie ! C'est monstrueux !

Les traits de Garson se crispèrent brusquement.

— N'allez pas trop loin, Anya. Ma patience a des limites.

Sourde à l'injonction, elle le foudroya d'un regard noir. Elle se sentait flouée, piégée. Piégée par un homme qui prenait une place de plus en plus importante dans sa vie. Un homme à qui elle avait failli se donner.

Elle était au bord des larmes, mais elle se raccrocha à sa colère pour ne pas s'effondrer.

— Vous m'avez déclaré que vous aimiez aller droit au but, reprit-elle. Alors, pourquoi avez-vous mis si longtemps à m'avouer qui vous étiez réellement ?

La réponse fusa, très sèche :

— J'ignorais à qui j'avais affaire.

— Vous n'aviez aucune confiance dans ma moralité, avouez-le !

— Je vous ai présenté mes excuses à ce sujet.

— La belle affaire ! A l'évidence, vous n'éprouvez aucun scrupule ! Pas le moindre soupçon de honte ? Alors, écoutez-moi bien...

Un éclair de colère brilla dans le regard bleu de Garson.

— C'est vous qui allez m'écouter, et ensuite vous comprendrez !

— J'en doute !

— Pas moi !

Dire qu'à peine une heure auparavant, ils plaisantaient sur la façon dont il réagirait face à l'une de ses colères ! L'éclat métallique du regard qu'il posait sur elle et son ton autoritaire prouvaient effectivement que son adversaire était d'une tout autre trempe que Roger.

Renonçant à argumenter, elle le gratifia d'un coup d'œil glacial.

— Je suis tout ouïe !

Lorsqu'il reprit la parole, après quelques secondes de réflexion, sa voix s'était radoucie.

— Mes parents sont très âgés, et la mort de Luke les a plongés dans une telle détresse qu'ils m'ont chargé de mettre de l'ordre dans ses affaires personnelles, après l'enterrement.

Malgré sa résolution de ne rien écouter, Anya prêta une oreille attentive au récit de Garson. Elle désirait comprendre comment il les avait retrouvés, Oliver et elle. S'il avait établi le contact avec eux, il devait avoir une idée en tête, se dit-elle avec angoisse. Et il lui fallait impérativement découvrir laquelle.

— Mes parents éprouvaient une véritable adoration pour Luke, continua Garson.

— Quel est l'écart d'âge entre vous deux?

— Dix ans. Ils voulaient une famille nombreuse mais le destin leur a refusé cette joie. Pendant des années, ma mère a accumulé les fausses couches, au point que les médecins ne lui laissaient plus aucun espoir. Ils ont alors envisagé l'adoption, mais, à plus de quarante ans, ils ne répondaient plus aux critères exigés par les organismes, si bien qu'ils se sont résignés, la mort dans l'âme. Deux ans plus tard, ma mère est tombée enceinte. Luke a été accueilli comme un don du ciel, vous vous en doutez.

Ce récit piqua la curiosité d'Anya.

— Comment avez-vous pris la chose? Cela ne doit pas être facile de céder la vedette à un autre quand on a été fils unique pendant dix ans.

— Détrompez-vous! Les attentions constantes de ma mère m'étouffaient. La naissance de Luke m'a procuré la liberté dont j'avais besoin pour m'émanciper.

Il ébaucha un sourire.

— A l'inverse de l'éducation qu'ils m'ont donnée, mes parents ont pourri Luke. Il était irrésistible, débordant d'énergie. Oliver lui ressemble, d'ailleurs. C'était un charmeur. Adulte, il a conservé le même charisme.

Une pointe de désapprobation transparaissait dans ces derniers mots.

— Il y a un revers à la médaille, je suppose.

— Certes ! Le premier disque que Luke a enregistré avec son groupe a obtenu d'emblée un succès phénoménal. Du jour au lendemain, il est passé du statut d'enfant chéri à celui d'idole. Or, à vingt ans, il ne possédait pas la maturité nécessaire pour garder la tête froide. Jusque-là, s'il dépassait les bornes, nous le remettions à sa place d'une boutade bien sentie. Mais, du jour où il est devenu une vedette, il s'est comporté comme un monstre d'égocentrisme. Cela dit, je ne vous apprends rien, j'imagine.

Il accompagna sa remarque d'un coup d'œil appuyé.

— En effet, déclara tristement la jeune femme en songeant aux larmes que sa sœur avait versées.

— Pour en revenir à notre affaire, poursuivit Garson, je suis tombé sur la photographie d'Oliver bébé, en rangeant les papiers de Luke après sa mort. Au dos, vous signaliez votre changement d'adresse en indiquant la date de son premier anniversaire.

— Vous n'avez trouvé qu'une seule photo ? demanda Anya. J'en ai envoyé une à chaque anniversaire ! Plusieurs lettres également.

Garson haussa les épaules.

— Luke a dû les égarer.

« Ou les jeter à la poubelle sans même les lire », se dit Anya avec amertume.

— Ce n'était pas la première fois qu'une femme essayait de faire endosser une paternité à Luke, c'est pourquoi je n'ai pas pris cette photo au sérieux, malgré les yeux noirs du bébé qui rappelaient étonnamment ceux de mon frère. Cependant, plus les jours passaient, plus ce cliché m'obsédait, alors j'ai fini par prendre contact avec Jason Walker.

— Qui ça?

Le regard de Garson exprima la surprise.

— Jason Walker, le guitariste du groupe! Vous savez, un grand roux efflanqué qui portait les cheveux en catogan. Vous vous souvenez de lui, tout de même!

Consciente de sa bévue, Anya se hâta de répondre :

— Oui, oui, en effet.

— J'avais calculé l'époque à laquelle avait été conçu l'enfant d'après la date inscrite au dos de la photo. J'ai donc pu demander à Jason quelle fille mon frère fréquentait à ce moment-là. Il m'a aussitôt parlé de Vashti Prescott en précisant que vous deviez figurer sur la cassette vidéo qui retraçait la carrière du groupe. C'est là que je vous ai vue pour la première fois, avec une minijupe noire et un bustier blanc, en train de danser sur scène de façon extrêmement provocante.

Anya le scruta intensément.

— Comment se fait-il que vous ne m'ayez pas reconnue quand nous nous sommes rencontrés puisque vous m'aviez vue sur la cassette?

— Sur la cassette, vous portiez des cheveux blancs dressés sur la tête.

La jeune femme retint de justesse un juron. Si elle persistait à accumuler les gaffes, il finirait par s'apercevoir de la supercherie.

— Vous étiez méconnaissable, reprit Garson en effleurant une mèche dorée échappée de la natte de la jeune femme. J'ai eu du mal à croire qu'il s'agissait de la même personne. Comment avez-vous pu vous massacrer ainsi?

Le ton n'était pas seulement réprobateur, il condamnait sans appel.

— J'étais prise dans un engrenage, murmura-t-elle.

Perdu dans ses pensées, Garson se passa machinalement le pouce sur la lèvre inférieure. Son geste n'était pas délibéré, mais il suscita chez Anya une émotion dont elle se serait volontiers passée, étant donné les circonstances.

— J'ai cru que vous faisiez chanter Luke, déclara-t-il soudain.

Anya faillit s'étrangler d'indignation.

— Comment ?

— Le compte en banque de Luke était dans le rouge quand il est mort.

— Il ne faisait plus de tubes ?

Garson secoua la tête.

— Le groupe s'est séparé il y a à peu près trois ans. Luke s'est lancé dans une carrière en solo qui n'a jamais démarré. C'est curieux que vous n'ayez pas suivi son évolution.

Les joues d'Anya s'empourprèrent.

— Luke jetait l'argent par les fenêtres, enchaîna Garson, mais je me suis tout de même longuement interrogé à votre sujet. Je me demandais si vous étiez une aventurière sans scrupule qui menaçait Luke de révéler à la presse les détails croustillants d'une liaison imaginaire.

— Le sordide ne vous effraie pas, dites-moi !

— Ce genre de chose arrive souvent, répliqua-t-il froidement.

— Peut-être, mais quand vous avez vu où et comment je vivais, vous avez dû changer d'avis, non ?

— Pourquoi ? Vous pouviez avoir déjà dépensé l'argent. En vous offrant un séjour de rêve dans un paradis exotique, avec un ami, par exemple.

Anya le fusilla du regard.

— Et comme il n'y avait pas d'ami en vue, vous avez cru que je cherchais à mettre la main sur Roger pour assurer mon avenir. Ce n'est pas parce qu'on a des cheveux décolorés et qu'on danse dans un groupe pop qu'on est une aventurière !

— Vous croyiez bien que je désirais des Jacuzzi et des robinets en or à Grange House, non ?

— Et alors ?

— Tout comme moi, vous vous êtes livrée à des suppositions hasardeuses en m'attribuant une fausse étiquette.

— Je ne vous ai pas accusé d'être un gigolo, moi !

Un soupir impatient échappa à Garson.

— Comme beaucoup d'autres, vous avez eu une liaison avec Luke. Or, mon frère n'était pas trop exigeant sur le choix de ses partenaires de lit. En général, il s'agissait de midinettes superficielles attirées par la gloire et l'argent. J'ai cru que vous apparteniez à la même catégorie, c'est tout.

Cette fois, l'argument porta.

— Logique, murmura-t-elle du bout des lèvres. Et maintenant que vous avez trouvé Oliver, que comptez-vous faire ?

— J'aimerais le présenter à mes parents.

La réaction d'Anya fut instinctive.

— Jamais !

— Au lieu de monter sur vos grands chevaux, imaginez leur joie et celle d'Oliver.

La panique s'empara d'Anya. Ses liens avec Oliver, ses droits sur lui lui paraissaient soudain si fragiles, si ténus, presque dérisoires !

— Vous avez acheté Grange House et vous m'avez engagée uniquement pour me tendre un piège, n'est-ce pas ?

— Quel piège ?

— Cette rencontre avec vos parents, pardi ! S'ils se prennent d'affection pour Oliver, ils vont vouloir en obtenir la garde.

La voix d'Anya tremblait d'émotion et de colère lorsqu'elle prononça ces mots.

— Ne soyez pas absurde !

D'un bond, elle fut debout et désigna la porte d'un geste impérieux.

— Sortez d'ici !

— Cessez vos simagrées et parlez moins fort ! Vous allez réveiller Oliver.

— Dehors ! hurla-t-elle.

Avec un calme exaspérant, Garson croisa les bras et se renfonça dans le canapé.

— Je ne partirai pas tant que nous n'aurons pas eu une discussion rationnelle.

— Il n'y a rien à dire ! Je monte me coucher, et si vous me suivez dans ma chambre, je hurle et je...

— Si je vous suis dans votre chambre, nous finirons par faire l'amour. Vous le savez aussi bien que moi.

Le cœur battant à tout rompre, Anya fixa sur lui un regard démesurément agrandi où se lisaient l'effroi, l'angoisse et le trouble.

— Vous avez beau me considérer comme un monstre, déclara Garson avec le même flegme, vous me désirez. Et il en va de même pour moi. Je n'aurais jamais cru pouvoir m'intéresser à une femme que Luke a...

Il s'interrompit brusquement en fronçant les sourcils, comme si une idée subite venait de lui traverser l'esprit.

— D'après Jason, vous avez accompagné le groupe pendant sa tournée européenne. Or, elle a duré quatre mois.

— Et alors ?

— Et alors, vous ne vous souvenez même pas de Jason. Et puis pourquoi l'appelez-vous toujours Lucan alors que ses proches utilisaient son véritable prénom ?

Même si votre liaison s'est mal terminée, vous avez été amants, non ?

Les joues en feu, Anya ne sut que répondre. Le mensonge n'était pas son fort, surtout quand deux yeux bleus perçants sondaient les siens d'un regard aigu. Comme elle gardait le silence, Garson se leva pour la rejoindre.

— Oliver est bien le fils de Luke ?

— Oui.

— Mais...

Nerveusement, elle se mordilla la lèvre. Fallait-il révéler la vérité ou continuer à se taire ?

— Vous avez une sœur, murmura-t-il, sans la quitter des yeux.

Une sorte de plainte échappa à la jeune femme. Pourquoi diable fallait-il qu'il fût aussi perspicace ?

— J'avais une sœur jumelle, avoua-t-elle dans un souffle.

— Vous aviez ?

Anya baissa la tête.

— Jennie était la mère d'Oliver. Elle est morte alors qu'il n'avait qu'une semaine.

— Seigneur ! s'exclama Garson d'une voix étranglée. C'est votre jumelle que j'ai vue sur la cassette ?

— Oui. C'est elle qui s'était fait teindre les cheveux en platine, elle que vous prenez pour une traînée !

La lueur assassine qui brillait dans les yeux d'Anya en disait long sur ce qu'elle pensait.

— Mais c'est vous qui m'avez induit en erreur, riposta-t-il doucement. Nous voilà donc à égalité sur le chapitre du mensonge.

— A cette différence près que vous obéissiez à une stratégie tortueuse, alors que je dissimulais la vérité pour protéger Oliver.

— Il croit que vous êtes sa mère ?

— Non. En revanche, il préfère que personne ne sache la vérité. Et j'estime que cette décision lui appartient.

— En attendant, vous vous êtes bien moquée de moi.

— Pas plus que vous. Pendant trois mois, vous m'avez joué la comédie, et si vous espérez que je vais accepter une rencontre avec vos parents, vous vous bercez d'illusions !

— Ce délai était nécessaire, Anya. Il nous fallait du temps pour nous connaître. Notre tranquillité d'esprit en dépendait. D'autre part, si Oliver s'est attaché à moi, la réciproque est vraie. C'est un enfant merveilleux que vous élevez parfaitement. Maintenant, j'aimerais savoir si vous l'avez adopté.

La méfiance de la jeune femme revint au galop.

— Pourquoi cette question ? Je ne suis peut-être pas sa mère biologique mais pendant cinq ans j'ai...

— Calmez-vous ! lui enjoignit Garson. Que vous l'ayez adopté ou non, personne ne va tenter de vous l'enlever.

Il retourna s'asseoir sur le canapé et l'invita à l'y rejoindre en tapotant le coussin.

— Venez vous installer à côté de moi.

La jeune femme s'exécuta après une courte hésitation mais, prudente, elle s'assit à bonne distance.

— Je n'ai pas effectué de démarches pour adopter Oliver parce que je craignais un refus de la part de l'administration. A sa naissance, je n'avais que vingt-trois ans, j'étais sans logement et mes ressources étaient limitées. J'ai donc décidé d'attendre... Je suppose que, maintenant, on m'autoriserait à devenir officiellement sa mère.

— Contrairement à ce que vous croyez, je ne suis pas insensible à ce que vous éprouvez, Anya. Jamais je ne vous demanderai d'agir contre votre volonté, mais je souhaite vivement qu'Oliver et mes parents fassent connaissance.

Anya s'aperçut alors qu'elle ne redoutait plus cette rencontre. Garson l'avait rassurée et ses craintes s'étaient dissipées.

— Que savent-ils au juste ?

— Ils ignorent encore l'existence d'Oliver. Tant que je n'aurai pas votre permission, je ne leur dirai rien.

— Eh bien, je ne vous la donne pas.

Garson esquissa une moue résignée.

— C'est votre choix.

Mue par un soudain besoin de se justifier, Anya insista :

— Oliver est très heureux comme ça.

— Je n'en doute pas, mais son désir d'avoir un oncle semble prouver qu'il aimerait bien agrandir le cercle familial. Mes parents éprouvent exactement la même chose. J'ai été marié, mais comme je n'ai pas eu d'enfants, leurs espoirs se sont reportés sur Luke. Sa mort rend l'existence d'Oliver plus précieuse encore. Lui seul pourrait les soulager de leur chagrin.

Anya se révolta.

— C'est du chantage émotionnel !

— Exactement.

Désarmée par cette franchise, elle scruta le visage énigmatique que lui offrait Garson.

— Décidément, vous êtes prêt à toutes les bassesses.

— Quand je suis convaincu du bien-fondé d'une décision, oui ! Bon sang, Anya, il est clair que vous aimez Oliver, alors pourquoi le priver de la joie de connaître ses grands-parents ? Ils habitent à Winchester, c'est à une heure d'ici. Nous pouvons aller y déjeuner dimanche.

— Est-ce dans ce but que vous avez décidé de prolonger votre week-end ?

Le sourire ravageur qu'il lui adressa la fit fondre comme neige au soleil.

— Avant de quitter l'aéroport, tout à l'heure, j'ai appelé mes parents pour prendre de leurs nouvelles. Depuis la mort de Luke, j'essaie de les entourer de mon mieux, mais vous avez vu quelle vie de fou je mène. Bref, ce soir, ma mère m'a exprimé une fois de plus ses regrets de ne pas avoir de petits-enfants, alors j'ai décidé de prendre le taureau par les cornes et de vous en parler.

Le visage fermé, il regardait fixement la table basse d'un air sombre.

— Avez-vous vraiment l'intention de venir régulièrement à Grange House ?

Un étrange sourire apparut sur les lèvres de Garson.

— La perspective de passer mes week-ends dans le Dorset me séduit de plus en plus. Comme celle de présenter Oliver à mes parents.

— Vous n'abandonnez jamais ! s'exclama la jeune femme en riant.

— Tiens, vous avez remarqué ?

Anya se mordilla la lèvre d'un air anxieux.

— Si Oliver va voir vos parents, il faudra lui révéler l'identité de son père, mais je préférerais qu'il ignore son nom de scène. Cela risquerait de le perturber.

— Aucun problème, déclara Garson.

— Il ne faudra pas lui dire non plus que Luke a toujours refusé d'assumer sa paternité.

Piqué au vif par le ton méprisant d'Anya, Garson rétorqua vivement :

— Mon frère n'était pas un saint, mais il était jeune, et cette responsabilité a dû l'effrayer. Et puis, si votre sœur avait eu un brin de jugeote, elle aurait vite compris que Luke était loin d'être le partenaire idéal.

Anya riposta avec aigreur :

— Elle a des excuses. Quand elle l'a connu, nos parents venaient de mourir. Elle était au chômage. Elle errait comme une âme en peine dans la maison en ressassant ses souvenirs et son chagrin. J'étais à l'université, à l'époque. J'avais mal, moi aussi, mais je me suis accrochée de toutes mes forces à mes examens de fin d'année qui approchaient. Cela m'a empêchée de sombrer. Et puis, je vivais loin de la maison depuis trois ans, alors que Jennie n'avait jamais quitté nos parents. Ils lui manquaient cruellement. Cela n'a rien arrangé.

— Comment a-t-elle rencontré Luke ?

— Lors d'un concert. Comme une danseuse venait de démissionner et que le groupe devait partir en tournée, il lui a proposé de la remplacer. Jennie a sauté sur l'occasion. D'ici à ce qu'elle considère Luke comme son sauveur et qu'elle tombe amoureuse de lui, il n'y avait qu'un pas qu'elle a franchi très vite.

— Et, une nuit, ils ont oublié de prendre des précautions.

— Plusieurs nuits, à mon avis. Trois mois après le début de leur liaison, Jennie s'est aperçue qu'elle était enceinte. Luke a refusé d'en entendre parler et, à partir de ce moment-là, il l'a purement et simplement ignorée ; alors elle a quitté le groupe.

— Et décidé de garder le bébé ?

— Elle le voulait de toutes ses forces parce qu'elle aimait Luke. D'ailleurs, elle l'a aimé juqu'à son dernier souffle, malgré le mal qu'il lui avait fait.

Garson la dévisagea d'un regard intense.

— Quelle que soit la profondeur de la blessure que vous inflige quelqu'un, on peut continuer à l'aimer jusqu'à la fin de ses jours.

La gorge nouée par l'émotion, Anya se contenta d'acquiescer.

— Perdre ses parents et sa sœur jumelle à un an d'intervalle, cela fait beaucoup, murmura-t-il.

Ravalant ses larmes, la jeune femme esquissa bravement un sourire.

— Heureusement qu'Oliver était là! Il incarnait pour moi l'espoir et l'avenir.

— Vous devez regretter que vos parents n'aient pas pu connaître leur petit-fils.

— Souvent.

— Donc, nous allons à Winchester, n'est-ce pas?

Encore hésitante, Anya croisa et décroisa ses doigts nerveusement.

— D'accord, mais si je constate la moindre perturbation chez Oliver, l'expérience ne se renouvellera pas. Pour moi, son bien-être passe avant tout.

Les traits de Garson s'illuminèrent d'un grand sourire.

— Il n'y aura pas de problèmes, faites-moi confiance.

6.

— C'est l'un des plus beaux jours de ma vie, déclara Dulcie Deverill en regardant son mari jouer au football avec son petit-fils. Voir Luke revivre à travers cet enfant, c'est un rêve devenu réalité.

Après le déjeuner, Edwin Deverill avait exhibé un ballon de football flambant neuf et entraîné Oliver dans le jardin.

Appuyé au chambranle de la porte-fenêtre, Garson sourit en voyant le jeu de jambes étonnamment souple de son père.

— J'ai l'impression qu'Oliver a opéré des miracles sur l'arthrite de papa, observa-t-il.

— Pas seulement sur son arthrite, murmura Dulcie en se tournant vers Anya. Croyez-vous que cela risque de perturber Oliver si je lui montre des photographies de son père quand il était petit ?

A l'inverse de ce que la jeune femme redoutait, Oliver avait fort bien pris cette avalanche de nouvelles. Certes, il avait pleuré un peu en apprenant la mort de son père, mais lorsque Garson lui avait révélé qu'il était son oncle, et qu'il verrait bientôt ses grands-parents, son visage s'était illuminé de joie.

— Alors, vous êtes vraiment mon oncle ? Je peux vous appeler « oncle Garson » ?

— Si tu me permets de t'appeler « neveu Oliver », aucun problème.

L'enfant avait éclaté de rire.

En accueillant ce petit-fils qui leur tombait du ciel, Dulcie et Edwin Deverill versèrent furtivement quelques larmes. Bouleversée, Anya eut toutes les peines du monde à retenir les siennes. Quant à Garson, ses yeux trahissaient un éclat suspect.

Oliver parut fasciné par ce grand-père à l'allure aristocratique dont le visage s'ornait d'une impressionnante moustache, et sa grand-mère, une frêle et chaleureuse vieille dame aux cheveux argentés, le conquit tout de suite. Comme avec Garson, le lien s'établit instantanément. Au bout de quelques minutes, l'enfant babillait sur les genoux d'Edwin en lui expliquant qu'il avait un autre grand-père qui s'appelait Bert.

— Sauf que c'est pas un vrai, comme toi, précisa-t-il avec un sourire radieux.

Dulcie revint du bureau, les bras chargés d'albums de photos. Après avoir jeté un coup d'œil inquiet en direction de son fils, elle chuchota à l'oreille de la jeune femme, comme si elle craignait qu'il entende :

— Je vous ai apporté une photo du mariage de Garson. Isobel et lui étaient tellement beaux, ce jour-là !

Une bouffée de jalousie submergea Anya lorsqu'elle découvrit le couple. Avec ses cheveux blond cendré, son visage fin et son teint diaphane, Isobel incarnait la féminité triomphante. Irritée par sa propre réaction, Anya se raisonna. Après tout, ce mariage était rompu depuis des années. Et puis, elle n'avait aucun droit sur Garson. Le désir était un sentiment éphémère et peu fiable qui n'avait rien à voir avec l'amour.

— Isobel a toujours eu beaucoup de chic, remarqua Dulcie.

A ces mots, Anya se sentit soudain terriblement ordinaire avec son T-shirt blanc et son pantalon bon marché.

Dulcie lui tendit les albums.

— Regardez ! Vous constaterez à quel point Oliver ressemble à Luke.

Peu désireuse de contempler les photos d'un homme pour lequel elle n'éprouvait aucune estime, Anya cherchait une excuse pour se dérober lorsque Garson la tira de ce mauvais pas.

— Si nous allions nous promener dans Winchester pendant qu'Oliver regarde les photos ?

— Volontiers !

Soulagée de ne pas avoir à subir le panégyrique de Luke, elle se laissa guider d'un pas léger vers une large avenue bordée d'arbres.

— Puisque vous n'êtes jamais venue à Winchester, commençons par la cathédrale. Ensuite, je vous emmènerai au Grand Hall, dit-il en désignant une tour que l'on apercevait au loin.

Durant quelque temps, ils marchèrent en silence, savourant le chaud soleil du mois d'août qui nimbait la ville d'une lumière dorée, puis Anya posa la question qui lui brûlait les lèvres :

— Combien de temps avez-vous été marié ?

Garson se rembrunit immédiatement.

— Quatre ans. Ma mère a beaucoup d'affection pour Isobel, et elle espère toujours que nous nous remarierons, bien que je lui affirme régulièrement le contraire.

— Elle ne s'est pas remariée de son côté ?

— Elle joue les jolis cœurs avec un producteur de pacotille, répliqua-t-il d'une voix tendue. Du moins, c'est ce qu'elle m'a dit, la dernière fois que je lui ai parlé.

— Vous vous voyez toujours ?

— Notre dernière rencontre remonte à plus de trois

ans, mais comme elle a gardé la maison dans laquelle nous vivions, elle me téléphone de temps à autre pour des détails d'ordre matériel.

— Pourquoi votre mariage a-t-il échoué? demanda la jeune femme, incapable de refréner sa curiosité.

— Nous étions incompatibles.

Une réponse pour le moins laconique... et vague. Car le terme fourre-tout en disait trop ou pas assez. En tout cas, une chose était sûre : Garson désapprouvait le nouvel ami de son ex-femme. Se pouvait-il qu'il regrettât d'avoir divorcé? Avait-il essayé sans succès de se réconcilier avec Isobel? A moins qu'il espérât, comme sa mère et malgré ses dires, voir leur couple se reformer un jour...

La mine taciturne de son compagnon la dissuada de l'interroger plus avant. A l'évidence, son mariage était un sujet tabou. Alors, elle parla d'autre chose.

Après avoir visité la cathédrale où se trouvait la tombe de la romancière Jane Austen, Garson l'entraîna vers le quartier piétonnier.

— Le Grand Hall est le dernier vestige visible d'un château médiéval, expliqua-t-il tandis qu'ils débouchaient sur une place carrée. C'est là que Richard Cœur de Lion logeait lors de son couronnement à la cathédrale, en 1194. Et, à peu près cinq cents ans plus tard, les troupes d'Oliver Cromwell l'ont investi pendant la guerre civile.

— Vous connaissez l'histoire de cette ville sur le bout des doigts, dites-moi.

Un large sourire détendit le visage de Garson.

— Ce château m'a toujours fasciné.

Un engouement que la jeune femme comprit parfaitement. Plusieurs siècles d'histoire se mêlaient intimement entre ces murs imposants. Une table retint surtout son attention : peinte aux couleurs des Tudor, on y voyait un roi qui trônait, entouré de vingt-quatre chevaliers.

— C'est la Table ronde du roi Arthur ! s'exclama-t-elle, éblouie. J'ignorais qu'elle existait.

— Personne n'oserait affirmer qu'il s'agit de l'originale, mais elle n'a pas bougé d'ici depuis plus de cinq cents ans. Regardez le nom du onzième chevalier, cela vous intéressera.

— Lucan, lut Anya avec stupeur.

— Petit, Luke était subjugué par ce personnage. Malheureusement, on ne peut pas dire qu'il ait imité sa conduite chevaleresque.

— Et vous ? Vous n'avez jamais eu envie de vous appeler Galahad ou Guinglain ou... Blioberis ? demanda-t-elle avec un sourire malicieux en déchiffrant les caractères au fur et à mesure.

— Mon nom me convient parfaitement. A propos, pourquoi votre sœur avait-elle choisi Vashti comme nom de scène ?

— C'est Luke qui le lui a donné. Cela signifie « belle » en persan.

— Dans ce cas, je crois que je vais vous appeler Vashti, vous aussi.

Anya sourit. Après tout, peut-être n'était-elle pas si insignifiante que cela dans ses vêtements bon marché ?

— A propos de Jennie, qu'avez-vous dit à vos parents ?

— Ce que vous m'en avez appris. Ils ont eu du mal à accepter que Luke se soit comporté avec une telle cruauté. Je pense même que ma mère ne s'y fera jamais. Elle a tendance à n'entendre que ce qui lui plaît. Quant à mon père, il y a belle lurette qu'il ne nourrissait plus d'illusions au sujet de Luke.

⁂

— C'est le plus beau jour de ma vie ! murmura Oliver en se frottant les paupières. Le meilleur des meilleurs.

Enfoui sous sa couette, il bâilla à s'en décrocher la mâchoire sous le regard attendri de sa tante. Jamais elle ne l'avait vu aussi heureux. Un bonheur communicatif, car elle aussi se sentait légère et détendue.

Durant le trajet du retour, Garson et elle avaient bavardé de tout et de rien pendant qu'Oliver sommeillait à l'arrière. N'importe qui, en les voyant ainsi, aurait pu les prendre pour une famille rentrant de week-end.

A cette idée, le sourire d'Anya s'effaça. Cette journée qu'elle venait de passer avec Garson lui avait fait prendre conscience que sa vie ne la comblait plus autant. Elle désirait ardemment la partager avec quelqu'un ; elle avait désespérément besoin de la confiance et de la complicité qu'ils avaient vécues ensemble aujourd'hui.

La mine songeuse, elle embrassa son neveu.

— Je veux qu'oncle Garson vienne m'embrasser aussi.

— Bien, monsieur !

Au lieu de repartir au King's Head, comme Anya s'y attendait, Garson avait décrété qu'il préparerait du café pendant qu'elle coucherait Oliver.

— Le monstre voudrait un baiser ! cria-t-elle du haut de l'escalier.

Un rire cristallin s'éleva de la chambre d'Oliver.

Garson apparut au pied de l'escalier qu'il grimpa quatre à quatre.

Après avoir serré son oncle dans ses bras à l'étouffer, le petit garçon demanda d'une voix incertaine :

— On ira encore chez grand-père et grand-mère ?

— Très bientôt, l'assura Anya.

Satisfait, Oliver ferma les paupières.

— Bonne nuit.

— Bonne nuit, répliquèrent les deux adultes en chœur.

En refermant la porte de la chambre, Anya se tourna vers Garson.

— Mon pantalon est taché. Je vais me changer, si cela ne vous ennuie pas. Je vous rejoins en bas dans deux minutes.

Assise au bord du lit, Anya ôta ses chaussures et son pantalon, en un tournemain. Puis, avertie par une sorte de sixième sens, elle tourna la tête vers la porte et crut défaillir en apercevant Garson. Sa haute silhouette se découpait dans l'embrasure et ses yeux caressaient les jambes de la jeune femme d'un regard insistant.

— Je croyais que vous vous occupiez du café !

— Je préfère m'occuper de vous, répliqua-t-il, une moue espiègle au coin des lèvres.

Lorsqu'il s'avança dans la pièce, elle eut soudain l'impression de manquer d'air tant sa présence était écrasante. Le souffle court, elle dit la première chose qui lui vint à l'esprit :

— C'est incroyable la façon dont Oliver et vos parents se sont immédiatement entendus !

— Exactement comme nous, murmura Garson.

Anya se rappela l'aisance et la liberté de leur conversation dans la voiture, la facilité de leur collaboration pour la rénovation de Grange House, la simplicité de leurs relations, jusqu'au sens de l'humour qui les faisait souvent rire des mêmes choses.

— L'accord parfait, ajouta-t-il. Intellectuellement... et physiquement.

La jeune femme sentit immédiatement un système d'alarme se déclencher au fond d'elle-même. La situation prenait une tournure qu'elle se sentait incapable de maîtriser.

— Je... je n'en suis pas si sûre, balbutia-t-elle.

Le matelas s'affaissa sous le poids de Garson quand il s'assit auprès d'elle. L'atmosphère se chargea aussitôt d'électricité.

— Un jour ou l'autre, nous finirons par faire l'amour, Anya.

— C'est vous qui le dites !

Un lent sourire se dessina sur les lèvres de Garson.

— Pourquoi nier l'évidence ?

Saisissant doucement le visage de la jeune femme entre ses mains, il l'attira vers le sien.

— Ai-je rêvé ces murmures, ces soupirs étouffés quand je vous ai embrassée ? susurra-t-il en effleurant sa joue de ses lèvres.

Il accompagna ses remarques de caresses sans équivoque. Ensorceleuses, envahissantes, ses mains glissèrent sur le corps d'Anya qui résistait de toutes ses forces.

— Admettez-le, Anya. Osez nier que le désir dilate vos pupilles, donne cet éclat inhabituel à vos yeux, accélère votre respiration...

Au prix d'un effort surhumain, elle soutint son regard sans ciller. Pourtant, son corps la trahissait. Ses joues en feu, sa respiration saccadée parlaient pour elle.

— Je n'admets rien du tout.

Pour toute réponse, Garson sourit. Il la saisit alors par les épaules, puis s'empara de ses lèvres. La bouche de Garson était tendre, subtile, terriblement sensuelle. Il avait sans doute deviné que la douceur la convaincrait plus sûrement que la force. Enivrée par sa chaleur, par la sensation de ces mains magiques qui faisaient glisser son chemisier sur ses épaules pour mieux contempler sa gorge frémissante, Anya capitula. Nouant les mains derrière la nuque de Garson, elle céda avec délices à la volupté, frissonna en sentant son compagnon trembler de désir, un désir qui promettait des plaisirs infinis. Une vague d'euphorie, une exaltation étrange montèrent en elle, comme si ces caresses la révélaient à elle-même.

— Garson...

Sensible à cet appel, il s'allongea auprès d'elle et l'étreignit avec passion avant de reprendre sa lente exploration, prodiguant inlassablement caresses et baisers. Grisée, Anya s'abandonna totalement.

A sa grande confusion, il choisit précisément cet instant pour interrompre leurs baisers et la contempler d'un regard fiévreux. Pourtant, ce fut d'une voix claire qu'il s'exprima.

— Convaincue, à présent?

— A quel sujet?

— Un jour ou l'autre, nous ferons l'amour, c'est inévitable.

Eberluée, elle le regarda s'asseoir au bord du lit.

— Vous... vous ne cherchiez qu'à me démontrer que vous aviez raison?

— Pas uniquement mais, en un sens, oui.

Elle eut l'impression qu'une main de glace lui broyait le cœur.

— Je ne m'attendais pas à une telle épreuve, murmura-t-elle d'une voix tremblante de colère, tout en enfilant ses vêtements.

— Quelle épreuve?

— Vous savez que je n'ai pas fait l'amour depuis deux ans et vous... vous...

— Vous croyez que je profite de votre vulnérabilité? Vous ne comprenez pas, Anya, je...

— Oh, si, je comprends parfaitement que vous êtes une ordure.

Les larmes aux yeux, elle quitta la chambre en trombe et dévala l'escalier, au risque de se rompre le cou.

Garson ne tarda pas à la rejoindre.

— Je vais chercher le café.

Folle de rage, Anya lui adressa un regard meurtrier.

— Allez au diable, vous et votre café !

Il eut le toupet de sourire.

— J'ai besoin de parler avec vous, alors autant le faire autour d'une tasse de café, riposta-t-il d'un ton sans réplique.

Sur ce, il disparut dans la cuisine. Anya profita de ce répit pour finir d'ajuster ses vêtements et recouvrer un semblant de calme. La facilité avec laquelle il avait mis fin à leur étreinte la révoltait, d'autant plus qu'il lui suffisait de l'effleurer pour qu'elle perdît la tête !

Assise sur le canapé, elle s'efforça de réfléchir. Comment lutter contre un homme qui possédait un tel pouvoir ? Autant se rendre à l'évidence : l'idée de devenir sa maîtresse ne lui disait rien qui vaille, mais il avait raison. Son corps ne lui laisserait aucun répit tant qu'elle n'aurait pas satisfait ses exigences.

— J'espère que vous n'avez pas l'intention de me la jeter à la figure, dit Garson en lui tendant une tasse d'où s'échappait le parfum puissant d'un arabica.

Anya esquissa un sourire crispé.

— Non, mais vous le mériteriez.

A peine fut-il assis qu'elle l'aborda de front.

— Si vous voulez une liaison, Garson, je...

— Il n'en est pas question.

— Pardon ?

Les yeux bleus plongèrent dans les siens, limpides, directs, et leur éclat fiévreux fit baisser les paupières d'Anya.

— Je veux vous épouser.

Un long silence succéda à cette surprenante déclaration, puis Anya émit un rire étranglé pour dissimuler son trouble.

— C'est plutôt inattendu ! s'exclama-t-elle.

— Mais très logique. Mon célibat me pèse et j'ai l'impression qu'il en va de même pour vous. Le mariage me semble une solution raisonnable dans ces conditions, non ?

Anya lui lança un coup d'œil méfiant.

— Ce serait aussi un excellent moyen d'intégrer Oliver à la famille Deverill sans le séparer de vous, ajouta-t-il. Et puis, la présence d'un homme auprès de lui aurait sûrement une influence bénéfique sur son évolution, si j'en crois les quelques manuels que j'ai feuilletés.

— Bravo ! Vous avez très bien retenu votre leçon.

— N'oubliez pas non plus l'aspect financier des choses. Vous seriez à l'abri du besoin jusqu'à la fin de vos jours.

A ces mots, Anya se raidit.

— Je suis capable d'assurer mon gagne-pain sans votre aide.

— Là n'est pas la question ! Il me semble normal de mettre nos ressources en commun, et comme les miennes sont plus conséquentes que les vôtres...

— Vous me laisserez quelques billets sur le coin de la table de nuit de temps à autre, suggéra-t-elle d'un ton ironique et glacial.

Le sourire aux lèvres, il lui effleura la joue d'une caresse.

— Je n'ai pas besoin d'acheter vos faveurs... vous me les accorderez de votre plein gré, vous le savez bien.

Les joues en feu, Anya baissa les yeux.

— Alors ? dit-il en retirant sa main. Que pensez-vous de ma proposition ?

— Si j'accepte, je ne prendrai que l'argent nécessaire à l'entretien de la maison. Je ne veux rien pour moi.

Garson fronça les sourcils d'un air irrité.

— Vous et votre indépendance ! A quoi rime cet entêtement ?

— C'est vital, à mes yeux !

— Bon, d'accord... Mais je tiens à assumer tous les frais concernant l'éducation d'Oliver.

Une ombre passa alors sur son visage.

— Peut-être ne sommes-nous pas amoureux fous, reprit-il, mais le véritable amour ne se présente que rarement, et je suis persuadé que nous fonctionnerons parfaitement ensemble, c'est déjà quelque chose. Cependant, il va de soi qu'à cause d'Oliver, je considérerai un mariage entre nous comme un engagement à vie.

La jeune femme se sentait mal à l'aise et quelque peu désorientée.

— Supposons, dit-elle, que, dans un an ou deux, vous rencontriez la femme de votre vie... Que ferez-vous ?

— Aucune chance.

— Comment pouvez-vous en être si sûr ?

— C'est comme ça. Mais si cela vous arrivait à vous...

— Aucune chance non plus, affirma-t-elle.

— Dans ce cas, j'attends votre réponse.

Anya ouvrit des yeux ronds.

— Maintenant ?

— Maintenant.

Prise au dépourvu, elle tenta de mettre un peu d'ordre dans ses idées. La perspective de former une famille, d'échapper aux soucis financiers — et de partager le lit de Garson, ajouta une petite voix insidieuse — la séduisait, inutile de le nier. Il lui offrait tant ! Et pourtant... Cette proposition n'était pas une vraie demande en mariage. Il voulait l'épouser pour apporter un équilibre à Oliver et trouver une certaine forme d'épanouissement sexuel, et non pas parce qu'il l'aimait, songea-t-elle avec un pincement au cœur. Et puis, cette discussion froide et sans âme la mettait au supplice...

— Il me faut davantage de temps pour réfléchir, dit-elle d'un air buté.

— C'est maintenant ou jamais, Anya. Si je n'ai pas votre réponse ce soir, nous n'en parlerons plus et je sortirai de votre vie pour toujours.

— Vous êtes sérieux ?

— Tout à fait.

— Et si je refuse de vous épouser ?

— Le résultat sera le même que si vous ne répondez pas.

— Vous vendriez Grange House et les cottages ?

— Et je ne remettrai plus les pieds à Lidden Magnor.

Une lueur de colère assombrit les yeux noisette de la jeune femme.

— C'est monstrueux ! Vous seriez prêt à priver Oliver et vos parents de la joie d'être ensemble ?

Très à l'aise, il croisa nonchalamment les jambes.

— A votre avis ?

Anya fulminait.

— Vous n'avez pas de cœur.

— Peut-être, mais je parviens toujours à mes fins. C'est tout ce qui m'importe.

Elle le croyait bien volontiers ! D'ailleurs, pourquoi résister encore quand le pour l'emportait de si loin sur le contre ? Parce qu'il la prenait au dépourvu ? Qu'il ne lui proposait pas un mariage d'amour ? Prétextes destinés à apaiser son orgueil... ou son romantisme maladif ! Quelle importance, quand seuls comptaient le bonheur et le bien-être d'Oliver ? Il n'y avait plus à hésiter... et Anya n'hésita pas.

— Bon, c'est d'accord.

Ce ne fut même pas un murmure mais un son presque inaudible. Sans rien dire, Garson lui prit la main et posa sa paume exactement contre la sienne comme si, par ce geste, il signait un pacte avec elle.

— Je préférerais un mariage civil, dans l'intimité, déclara-t-elle. Je ne tiens pas à figurer dans les chroniques mondaines des journaux.

— Moi non plus ! Ensuite, nous pourrions passer notre lune de miel à l'île Maurice ou...

— Je ne veux pas laisser Oliver, Garson.

— Il sera comme un coq en pâte, chez mes parents.

Anya n'en doutait pas, mais Oliver lui servait d'alibi. Car, si l'idée d'un engagement religieux la mettait mal à l'aise, il en allait de même pour la lune de miel. Jouer les jeunes mariées radieuses alors qu'il s'agissait d'un arrangement lui serait tout bonnement insupportable.

— Et si nous passions quelques jours à Londres, dans mon appartement ? suggéra Garson. Nous pourrions flâner, aller au théâtre, au concert, dîner dans des petits restaurants et visiter les hauts lieux de la vie nocturne.

Un large sourire illumina le visage de la jeune femme. Cela faisait une éternité qu'elle ne s'était pas plongée dans le tourbillon londonien, et cette perspective l'enchantait.

— Ce serait parfait.

Garson déclara qu'ils se rendraient à la mairie dès le lendemain matin.

— Bien, puisque tout est réglé, dit-il en se levant, je vais vous quitter.

Anya était étonnée — et déçue — de ce brusque départ, mais elle n'en laissa rien paraître.

Avant de sortir, il l'attira dans ses bras.

— J'ai terriblement envie de vous, Anya. Mais

j'aime autant que nous commencions notre vie commune encore neufs l'un pour l'autre.

Le ton manquait de conviction, comme s'il espérait secrètement un vigoureux démenti. Mais Anya se rangea à son avis. Leur retenue donnerait plus de sens et de gravité à la cérémonie.

— C'est une excellente idée, Garson.

Une lueur de regret brilla dans les yeux bleus de Garson, puis il l'embrassa avec une ferveur qui prouvait à quel point sa décision lui coûtait.

— Nous n'avons pas parlé des enfants ! s'exclama-t-elle alors qu'il se détournait déjà.

— Il n'y aura pas d'enfants.

— Mais...

— Nous n'aurons pas d'enfants, répéta-t-il d'un ton dur avant de s'éclipser.

7.

Son sac d'échantillons sur l'épaule, Anya se faufila entre les tables du café bondé et s'assit à côté de Garson, les yeux brillants d'excitation.

— Ils ont commandé vingt boîtes de cartes postales, dix d'assortiments de pots-pourris et quinze natures mortes ! s'exclama-t-elle.

Garson se mit à rire.

— Je te l'avais bien dit.

— C'est vrai, mais je ne pensais vraiment pas que mes articles les intéresseraient.

— Pourquoi ? Tes produits sont superbes. Tout comme leur créatrice, d'ailleurs.

Un sourire radieux aux lèvres, Anya rejeta son opulente chevelure cuivrée en arrière.

— Tu le penses vraiment ?

La main de Garson se posa tendrement sur la sienne.

— Plus que jamais. Et, si tu veux mon avis, cela a dû jouer un rôle déterminant dans la décision des acheteurs.

— C'est surtout toi qui m'as aidée en m'encourageant à tenter ma chance.

Garson avait en effet insisté pour qu'elle profitât des quelques jours de lune de miel qu'ils passaient à Londres pour entreprendre une démarche auprès d'un des plus célèbres grands magasins de la capitale. Bien que sceptique et pleine d'appréhension, Anya avait pris un rendez-vous qui se soldait par un succès total.

— A présent, quand tu chercheras de nouveaux clients, tu pourras arguer du fait que tu travailles déjà avec le plus prestigieux magasin de Londres, déclara Garson.

Anya lui souleva la main pour y déposer un baiser.

— Je vous dois une reconnaissance éternelle, ô Maître.

Le regard de Garson s'embrasa aussitôt. Anya frémit. Mariés depuis quatre jours, ils avaient passé les trois premiers à s'aimer, enfermés dans l'appartement de Garson, totalement coupés du monde. Ils s'interrompaient de temps à autre pour prendre une collation, mais ces pauses ne duraient jamais longtemps, tellement la faim qu'il avaient l'un de l'autre était grande.

— Oh, oh ! s'exclama-t-elle en riant. Il me semble reconnaître une lueur familière dans votre regard, mon cher mari.

A ces mots, l'éclat qui brillait dans les prunelles de Garson se fit presque insoutenable.

— Si nous appelions un taxi pour rentrer à la maison ? suggéra-t-il.

— Tout de suite ?

— Tout de suite, confirma-t-il d'une voix rauque.

— Et notre déjeuner au restaurant ?

— Au diable le restaurant ! Nous irons ce soir... ou demain, ajouta-t-il avec une moue espiègle. Allons-y, ne perdons pas de temps.

En cette fin de matinée, le centre de la capitale était bondé. Une foule dense se pressait sur les trottoirs tandis que les voitures, taxis et bus encombraient la chaussée.

— La barbe ! s'exclama Garson après avoir tenté en vain d'arrêter un taxi. Il n'y en a pas un de libre !

— Un peu de patience ! Nous finirons bien par en dénicher un !

— Oui, mais je suis pressé, moi. Ah ! en voilà un !

En effet, un taxi se garait le long du trottoir, à quelques mètres de là. Serrant fermement la main d'Anya dans la sienne, Garson fendit la foule d'un pas décidé.

Au moment où ils approchaient du véhicule, une éblouissante femme blonde en descendit. Son visage s'illumina d'un grand sourire lorsqu'elle aperçut Garson.

— Garson, mon chéri !

Celui-ci se figea instantanément.

— Isobel, murmura-t-il d'une voix tendue.

Tous ses sens en alerte, Anya examina la présentatrice de télévision d'un regard aigu. Impeccablement coiffée, très élégante dans un tailleur noir en gros grain qui soulignait sa taille mince, elle était pleine d'assurance.

Après que Garson eut fait les présentations d'un air maussade, Isobel adressa un sourire chaleureux à Anya.

— Si j'ai bien compris, vous vous êtes mariés dans le Dorset, le week-end dernier ?

— En effet, répliqua Anya, mal à l'aise.

Comment Isobel savait-elle ? Par Dulcie ? Ou Garson peut-être... Avertir sa première femme que l'on comptait se remarier relevait de la pure courtoisie, mais l'idée que Garson eût parlé d'elle la rendait extrêmement nerveuse.

— La cérémonie s'est bien déroulée, j'imagine, reprit Isobel.

— Très bien.

— Je suis vraiment ravie pour vous. J'espère que vous serez très heureux ensemble.

Déroutée par la gentillesse d'Isobel, Anya constata avec une pointe d'anxiété que le regard de Garson allait de l'une à l'autre, comme s'il les comparait. Une boule douloureuse se forma au creux de son estomac.

— Nous sommes pressés, excuse-nous, lança Garson en poussant Anya dans le taxi. Au revoir, Isobel.

Plaçant une main sur le bras de Garson au moment où

il allait monter à son tour, Isobel déposa un baiser sur la joue de son ex-mari.

— Cela m'a fait plaisir de te revoir. A bientôt, mon chéri.

Sur ces mots, elle s'éloigna de sa démarche légère après leur avoir adressé un gracieux petit signe de la main.

Désemparée, Anya examina avec circonspection la robe de fin lainage vert qu'elle portait. Dire qu'elle s'était cru élégante !

— Dieu ! qu'elle est belle ! murmura-t-elle.

— C'est vrai, répliqua Garson avec une pointe d'agacement. Il n'y a pas de quoi en faire une montagne.

La jalousie qu'Anya éprouva à cet instant n'avait rien à voir avec ce qu'elle avait ressenti en voyant la photo de leur mariage. C'était comme un poids atroce qui l'oppressait, l'empêchait de respirer.

Sensible à son désarroi, Garson posa la main sur son genou.

— Isobel appartient à mon passé, Anya, dit-il d'un ton radouci. Ce qui compte, c'est nous. Et, d'ici peu de temps, je vais...

Pendant tout le reste du trajet, il lui décrivit avec précision ce qu'il avait l'intention de faire lorsqu'ils seraient de retour à l'appartement. Il y mit un tel luxe de détails que, quand l'ascenseur les déposa, le corps d'Anya était parcouru de frissons.

Sans perdre une minute, Garson l'entraîna vers la chambre où il entreprit de lui ôter fébrilement ses vêtements.

— Est-ce ton côté italien qui te donne autant d'ardeur amoureuse ? lança-t-elle d'un ton taquin.

— Je peux toujours invoquer cet alibi pour justifier les excès de ces derniers jours, répondit-il en souriant, mais j'aimerais bien connaître le tien.

— A ma grande honte, je n'en ai pas.

Garson éclata de rire, puis il s'empara de ses lèvres avec passion et s'embarqua pour un voyage sensuel à la découverte du tendre corps ployé contre le sien. Au début, ses caresses furent douces, légères, aériennes. Puis, peu à peu, leur duo gagna en intensité, et leurs échanges devinrent ardents, entrecoupés de murmures et de gémissements. Tous deux s'abandonnèrent sans retenue à la volupté, emportés par une passion qui les dépassait l'un et l'autre. Anya frissonnait, soulevée par une marée puissante. Jamais encore elle ne s'était sentie aussi réceptive à ses caresses. Le corps de Garson vibrait, ferme et dur contre le sien. Ils étaient en parfaite harmonie. Totalement faits l'un pour l'autre.

Rejetant la tête en arrière, elle invita Garson à lui embrasser de nouveau le cou, la gorge. Ses baisers l'exaltaient, la portaient aux nues. Elle voulait qu'il la caressât encore et encore.

Lorsqu'il revint à sa bouche, Anya se mit à trembler. Tout en elle s'ouvrait, s'épanouissait pour lui, vers lui. Elle n'existait, ne respirait, ne sentait qu'à travers lui.

Il lui offrit encore mille extases, puis vint le moment le plus intense où ils se joignirent l'un à l'autre. Les yeux dans les yeux, ils bougeaient avec lenteur, portés par un rythme primitif et sauvage. Puis ce fut l'implosion. Tous deux basculèrent, entraînés par un élan irrépressible, soulevés par une force impétueuse vers des sommets encore inexplorés...

Le regard chaviré, Anya rêvait d'éternité. La perfection l'avait rejointe une fois de plus dans les bras de Garson. Si seulement elle avait eu le pouvoir de prolonger cet instant à jamais !

Plus tard, tandis qu'il dormait paisiblement, elle comprit qu'Isobel ne représentait effectivement plus rien pour lui. La tension qu'il avait manifestée en voyant son ex-femme s'expliquait par l'embarras d'avoir à les présenter l'une à l'autre, rien de plus.

Un soupir lui échappa. Tout de même! elle aurait préféré qu'Isobel ne fût pas aussi parfaite!

— Eh bien, on dirait que tes affaires sont florissantes!

Anya tourna la tête vers Kirsten qui venait d'entrer dans l'unique boutique du village qui tenait lieu d'épicerie et de bureau de poste.

— Et comment! dit-elle en collant les derniers timbres sur les colis qu'elle s'apprêtait à envoyer.

Depuis six semaines, non seulement le grand magasin de Londres avait renouvelé sa commande en l'augmentant considérablement, mais la seule mention de ce nom prestigieux agissait comme une baguette magique auprès de ses autres clients. Ses points de vente étaient de plus en plus nombreux, et les commandes affluaient.

— Sais-tu que Roger Adlam a décidé de suivre ton exemple et de se marier? demanda Kirsten.

— Avec Fiona, je suppose?

— Eh oui, la pauvre.

Kirsten s'engagea alors dans une conversation à bâtons rompus avec l'épicière.

— Veux-tu que je te dépose chez toi? proposa Anya lorsque Kirsten eut terminé ses courses.

— Volontiers.

En traversant le village, Kirsten interrogea son amie sur les progrès des travaux entrepris dans les cottages.

— La réfection des toits de chaume a l'air d'avancer rapidement!

Anya jeta un coup d'œil au soleil resplendissant de septembre.

— Si le temps se maintient au sec, les ouvriers auront terminé à la fin de la semaine prochaine. Tant mieux, parce que, avec l'accroissement de mes commandes, l'écurie déborde littéralement. D'ailleurs, Garson m'a suggéré hier soir, au téléphone, d'utiliser mon ancien cottage pour m'agrandir.

— Tu l'attends bien aujourd'hui, à propos ?

Anya acquiesça en se garant devant la maison de son amie.

— Il avait une réunion ce matin, mais il est sur le point de quitter son bureau, à l'heure qu'il est. Il reste une semaine, précisa-t-elle, les yeux brillants de joie.

— Eh bien, pour un magnat des affaires censé voyager en permanence aux quatre coins du monde, je le trouve très disponible. Non content d'être là tous les week-ends, il s'octroie des semaines de vacances par-ci par-là. Le résultat en vaut la peine, remarque : tu rayonnes de bonheur.

En rentrant à Grange House, quelques minutes plus tard, Anya salua de loin les ouvriers qui s'affairaient sur les toits des cottages. Quand elle pénétra dans le hall, elle avait l'air pensif. Kirsten avait raison : elle nageait dans le bonheur. Tous les doutes, toutes les réserves qu'elle nourrissait avant son mariage s'étaient dissipés comme par magie, et aucun nuage n'assombrissait l'horizon.

Tandis qu'elle s'affairait dans la cuisine, Anya se surprit à sourire inconsciemment, un phénomène qui se produisait de plus en plus souvent, ces derniers temps. Mais comment aurait-il pu en être autrement ? Garson se montrait tellement attentionné et facile à vivre qu'elle oubliait qu'il s'agissait d'un mariage arrangé. D'ailleurs, personne ne semblait le soupçonner.

En revanche, le courant de sensualité qui circulait entre eux dès qu'ils se trouvaient ensemble devait être évident pour tout le monde. Garson ne pouvait s'empêcher de la toucher, de lui tenir la main, de l'enlacer, de lui manifester sa tendresse par mille petits gestes, anodins en apparence, mais très révélateurs. Quant à elle, c'est tout juste si elle supportait de s'éloigner de lui. A tout instant, ils échangeaient des regards brûlants, pleins de promesses et de passion. Une passion qui, une fois assouvie, la laissait rêveuse longtemps après.

Mais l'heure n'était pas à la rêverie, se dit-elle en ouvrant un placard pour sortir de la farine et du sucre. Si elle voulait que son gâteau fût cuit avant l'arrivée de Garson, il était temps de se mettre au travail.

Une heure plus tard, elle terminait la vaisselle lorsque le Klaxon de la Maserati retentit dans la cour. Le cœur battant, Anya se sécha rapidement les mains et se précipita sur le perron. En voyant Garson se diriger vers elle d'un pas vif, les manches de sa chemise relevées sur ses avant-bras, elle sentit un frisson de volupté la parcourir.

— As-tu fait bon voyage? lui demanda-t-elle en s'efforçant de prendre un ton léger.

— Excellent! Il n'y avait personne sur l'autoroute, si bien que j'ai pu appuyer sur le champignon.

Lui aussi s'exprimait d'un ton neutre, mais ses yeux tenaient un tout autre discours, un discours plus intime et infiniment troublant. D'un geste ferme, il attira sa femme dans ses bras.

— Tu m'as manqué, murmura-t-il avant de l'embrasser à perdre haleine.

— Toi aussi, chuchota-t-elle lorsqu'il la libéra.

Il la dévisagea d'un air soucieux.

— Tu te sens bien?

Quinze jours auparavant, Anya avait eu une indigestion causée par des fruits de mer.

— Je me porte comme un charme. Il me semble d'ailleurs te l'avoir répété tous les jours au téléphone.

— J'ai horreur que tu sois malade, dit-il en lui déposant un baiser sur le bout du nez. Le coffre est rempli à craquer, tu me donnes un coup de main?

— Bien sûr.

En plus de la valise, de la serviette et de l'ordinateur portable de Garson, une multitude de paquets encombraient le coffre de la Maserati.

— Tu as acheté des vêtements ?

Un sourire mystérieux illumina le visage de Garson.

— Des tonnes !

Il lui tendit les sacs, se chargea des objets les plus lourds et lui emboîta le pas jusqu'à la chambre principale qui donnait sur les prés, à l'arrière de la maison. La jeune femme avait choisi une dominante crème pour cette pièce, mais quelques notes acidulées rompaient cette harmonie trop paisible. Et depuis le dernier séjour de Garson, un changement notable était intervenu, un changement qu'Anya avait gardé secret.

— Qu'en penses-tu ? demanda-t-elle sans le quitter des yeux.

Garson contempla le lit à baldaquin avec stupeur, puis il posa son chargement en riant.

— Ça alors ! Je croyais que nous ne l'aurions pas avant le mois de janvier, à cause des délais de fabrication. Quand est-il arrivé ?

— Lundi dernier.

Une ravissante courtepointe rayée de rose et de vert recouvrait le lit d'où débordait une profusion d'oreillers en batiste bordés de dentelle fine.

— Tu y as déjà dormi ?

Comme Anya secouait la tête, il la dévora d'un regard fiévreux.

— Tu as préféré m'attendre, murmura-t-il d'une voix rauque.

— Cela m'a paru... plus approprié.

Entre eux passait un courant de sensualité si puissant qu'un violent frisson secoua Anya.

— Dans ce cas, mes achats le sont également, dit-il en renversant le contenu des sacs sur le lit.

Stupéfaite, Anya découvrit, enveloppés dans une montagne de papier de soie, plusieurs déshabillés arachnéens ainsi qu'une lingerie de rêve. D'eux-mêmes, ses doigts effleurèrent les flots de dentelle mousseuse, la soie délicate de soutiens-gorge diaphanes, de combinaisons de satin et de dessous affriolants.

Puis, brusquement, l'image d'Isobel s'imposa à son esprit, et elle se rembrunit. Maintenant qu'elle n'assurait plus les dépenses courantes, elle avait entrepris de renouveler sa garde-robe en commençant par le plus urgent, à savoir ses tenues de tous les jours et non ses sous-vêtements. Pour quelle raison Garson lui offrait-il cette lingerie ? L'avait-il comparée à son ex-femme lorsqu'ils l'avaient croisée, à Londres ? Sans la critiquer ouvertement, avait-il décidé d'améliorer son apparence ? A l'époque où il était marié à Isobel, avait-il l'habitude de lui acheter lui-même sa lingerie ? A cette idée, son sang ne fit qu'un tour.

— C'est toi qui t'es chargé de ces achats ?

— Bien sûr !

Il esquissa un petit sourire.

— C'est la première fois que je fais ce genre de chose, et je t'avoue que j'ai dû prendre mon courage à deux mains pour entrer dans la boutique.

Malgré cet aveu, Anya conserva sa mine revêche.

— Tout est à ta taille, précisa-t-il.

— C'est ce que je vois.

— Ça ne te plaît pas ?

— Si, répliqua la jeune femme sans conviction.

Garson poussa un soupir exaspéré.

— Je n'essaie pas d'empiéter sur ta sacro-sainte indépendance, Anya.

D'un geste impatient, il lui entoura la taille pour l'attirer à lui.

— Tu es une femme superbe dont le corps somptueux

mérite ce qu'il y a de plus beau. Je considère comme un privilège de pouvoir t'offrir cette lingerie. Est-ce trop demander ?

Touchée, Anya fondit littéralement. Quelle idiote elle faisait ! Isobel n'avait rien à voir avec la décision de Garson. Il ne songeait qu'à lui faire plaisir et à la gâter. D'ailleurs, ne lui avait-il pas précisé que son ex-femme appartenait au passé ?

— Non, rétorqua-t-elle en lui effleurant les lèvres d'un baiser. Merci, Garson.

Il plongea les yeux au fond des siens.

— Et tu mettras les bas et la guêpière au lieu de les jeter à la poubelle ! Comme ça, quand je serai en voyage, je t'imaginerai dans cette tenue sexy en diable, délicieuse et tentatrice...

Anya lui adressa un sourire éblouissant.

— As-tu vraiment besoin de cet attirail pour te motiver ?

— J'ai besoin de toi et de toi seule ! Habillée ou non. Le reste est un raffinement supplémentaire. En revanche, ta natte me porte sur les nerfs. C'est un crime de se coiffer comme ça quand on possède une chevelure comme la tienne !

Prestement, il défit le nœud qui retenait la natte d'Anya.

— Je dois aller chercher Oliver à l'école, protesta-t-elle faiblement.

— Ce qui nous laisse une heure, répliqua-t-il avec aplomb.

Concentré sur sa tâche, il déploya l'opulente chevelure de sa femme.

— Tu es censée porter le négligé mais je crois que nous attendrons une autre fois, dit-il en s'attaquant au chemisier.

Ils se déshabillèrent mutuellement avec une impatience

mal maîtrisée. Mais, lorsqu'ils furent l'un et l'autre dépouillés de leurs vêtements, ils s'immobilisèrent, paralysés par une sourde émotion. Anya s'émerveilla une fois de plus devant le corps de son mari, ses membres déliés et fermes, ses muscles puissants, sa silhouette harmonieuse. Le même éblouissement ravi se lisait sur le visage de Garson.

Posant une main sur l'épaule d'Anya, il descendit le long de son bras en une lente caresse, effleura le renflement de ses seins, la ligne de ses hanches, puis épousa le creux de ses reins.

Balayant alors d'un ample geste les sacs et la lingerie qui le gênaient, il souleva la courtepointe et s'allongea sur le lit avec Anya.

Appuyé sur un coude, il éparpilla les mèches cuivrées de ses cheveux sur l'oreiller.

— On dirait de l'or satiné, murmura-t-il.

Il prit possession de ses lèvres avec fureur, comme s'il attendait ce moment depuis une éternité. Puis il explora son corps dont il connaissait déjà les courbes, les méandres et les détours, mais dont il avait toujours besoin de réapprendre la géographie.

— Quand je suis loin, je ne cesse de penser à ces moments, chuchota-t-il d'une voix vibrante. Quand tu fonds dans mes bras, tes cris, tes gémissements... Cela me rend fou.

Ces mots parvinrent à Anya à travers une sorte de délire. La bouche de Garson traçait sur son corps un chemin de feu, enivrant et délicieux. Elle ne savait plus où elle était. Elle regarda son visage et ne vit plus que l'étrange scintillement des yeux de son amant fixés sur elle. Dans un élan de tout son être, Garson la fit sienne. Leurs deux corps ondulèrent au même rythme dans une totale harmonie. Puis, tout à coup, une clameur l'emplit tout entière. Elle s'accrocha à lui, soulevée par les vagues de son désir comblé, tandis qu'il s'abattait sur elle dans un cri.

Ils restèrent longtemps allongés côte à côte, emplis d'une douce léthargie, trop épuisés pour parler, trop heureux pour briser le silence magique qui les unissait.

Anya consulta le réveil. A peine 7 heures. Elle sourit. Jamais elle ne s'était sentie plus vivante, plus épanouie qu'après cette semaine passée avec Garson. Avec quelle fougue, quelle liberté, quel bonheur ils s'étaient aimés ! Alors qu'elle tournait la tête vers son mari endormi à côté d'elle, son cœur se gonfla d'une émotion familière. Les cheveux en bataille, les traits détendus, il avait l'air vulnérable et fragile dans son sommeil. Tout comme Oliver...

A cet instant, il entrouvrit les paupières.

— Bonjour, ma tendre épouse, murmura-t-il d'une voix ensommeillée, en plaçant une jambe possessive sur les siennes.

— Encore ? lança Anya en riant.

— Depuis le temps, tu devrais savoir quel rituel salue notre réveil. Nous avons juste le temps de...

La sirène d'une voiture de police dans la chambre voisine l'interrompit au beau milieu de sa phrase.

— Raté ! fit Garson en soupirant.

— Si Oliver frappe à la porte, l'un de nous n'a qu'à dire que l'autre dort encore, suggéra Anya.

— Tu n'as pas honte ? Je ne tiens pas à ce qu'il me considère comme un intrus ni à ce qu'il se sente rejeté.

Anya esquissa une moue sceptique. Oliver adorait Garson, et celui-ci le lui rendait bien.

— Cela m'étonnerait, mais comme tu voudras.

Une demi-heure plus tard, alors qu'ils prenaient le petit déjeuner, Oliver reposa sa cuillère en dévisageant son oncle d'un air indécis.

— Henry Collins dit que t'es pas mon oncle mais mon beau-père.

— Je suis les deux.

Le temps d'avaler une cuillerée de muesli, Oliver reprit :

— Je peux t'appeler papa, alors ?

Le sourire qui illumina le visage de Garson bouleversa Anya.

— Bien sûr !

— Et moi, je serai ton fils.

— Tout juste ! Maintenant, veux-tu que je t'accompagne à l'école puisque je serai parti quand tu rentreras ce soir ?

Oliver accueillit la proposition avec un cri de joie.

— Chic ! Et aujourd'hui, je dirai à Henry Collins que j'ai un papa et deux mamans.

Surprise, Anya observa attentivement son neveu.

— Tu es sérieux ?

— Oui.

Après le départ d'Oliver et Garson pour l'école, Anya s'attela au repassage. Une femme de ménage venait deux fois par semaine, mais aujourd'hui, elle ne serait pas là, or Garson partait pour Londres dans une heure et il restait plusieurs chemises à repasser.

Anya régla la radio sur une station de musique et se mit à battre la mesure avec le pied tout en repassant. Le souvenir du visage radieux de Garson quand Oliver lui avait demandé de l'appeler papa lui revint à l'esprit. De toute évidence, il adorait son neveu. Mais, dans ce cas, pourquoi ne voulait-il pas d'enfants ? se demanda-t-elle pour la énième fois. Cela n'avait aucun sens.

Elle comptait bien le persuader de changer d'avis un jour, mais pas tout de suite, si bien qu'elle prenait la pilule afin de ne pas le contrarier. Lorsqu'ils décideraient d'avoir un enfant, ce serait le fruit d'une décision commune et non un hasard ou un accident.

Incapable de résister à un reggae qui passait à la radio, Anya reposa le fer et se mit à onduler en mesure tout en balançant lascivement les hanches. Elle embraya ensuite sur un rock endiablé puis, essoufflée et ravie, elle reprit son fer en riant.

— Merci pour le spectacle ! lança Garson du seuil de la pièce.

Anya se retourna vivement.

— Tu m'as regardée ?

— Et comment ! Et je te trouve encore plus sexy que ta sœur, ce qui n'est pas peu dire.

Comme les accents langoureux d'une valse lente s'élevaient, il la rejoignit en trois enjambées.

— Si tu dansais un peu avec ton mari, maintenant ?

Posant une main ferme au creux des reins de sa compagne, il l'entraîna dans la pièce sans la quitter des yeux.

— Pour combien de temps pars-tu ?

— Six semaines, hélas !

— Six semaines ! s'écria-t-elle sans cacher son désarroi.

— Je voudrais restructurer deux de mes sociétés, et cela va exiger de nombreux déplacements. Si je revenais le week-end, cela me ferait perdre trop de temps, alors j'ai décidé de tout régler d'un coup.

Plaquant Anya contre lui, il posa la joue contre la sienne, puis ses mains entamèrent un ballet magique sur le corps qu'elle lui abandonnait.

— Je comprends pourquoi les puritains considéraient la valse comme une œuvre du diable, murmura-t-il d'une voix rauque.

Leurs silhouettes s'épousaient si étroitement que leurs corps semblaient se fondre l'un dans l'autre. Instinctivement, Anya chercha la bouche de son mari, et tandis que leurs lèvres se joignaient, Garson glissa les mains sous sa jupe, remonta jusqu'à la lisière de ses bas où il effleura la chair soyeuse de ses cuisses.

— Tu es douce comme de la soie...

Un frémissement voluptueux parcourut Anya.

— Viens, dit-elle en l'entraînant vers leur chambre.

— Décidément, tu es insatiable, remarqua Garson en riant.

Ils s'aimèrent avec une urgence mêlée de sauvagerie, une fougue sensuelle totalement débridée qui les laissa haletants mais comblés.

Plus tard, en accompagnant Garson à sa voiture, Anya sentit son cœur se serrer à l'idée de la longue séparation qui les attendait. De son côté, Garson l'étreignit à l'étouffer, comme s'il ne voulait pas la quitter.

— Il faut que j'y aille, dit-il sans conviction.

A cet instant, Bert surgit au coin de l'écurie, poussant une brouette surchargée. Le tableau qu'offrait le couple lui arracha un sourire.

— C'est le départ ? La prochaine fois que vous viendrez, j'espère qu'on aura le temps d'aller aux courses !

Même si cette perspective ne l'enchantait guère, Garson avait, en effet, promis au vieil homme de l'emmener un jour.

— Donnez le calendrier des courses à Anya et je sélectionnerai une date qu'elle vous transmettra.

— Oh, n'importe quel jour me conviendra, répliqua Bert en s'éloignant.

Reprenant sa femme dans ses bras, Garson lui couvrit le visage de baisers puis, d'un geste brusque, il s'arracha à elle et monta en voiture.

Quand la Maserati eut disparu, Anya regagna la maison à pas lents, bouleversée par la découverte qu'elle venait de faire : elle aimait Garson. Elle l'aimait à la folie, à en hurler, à en mourir. Et elle l'aimait depuis longtemps, sinon elle n'aurait jamais accepté de l'épouser. Simplement, elle n'en avait pas conscience, au début.

Assise à la table de la cuisine, elle se perdit dans ses

pensées, en proie à une tristesse croissante. Car même s'il lui témoignait sa tendresse par mille petits gestes, Garson ne l'aimait pas. Elle lui manquait lorsqu'il était loin parce qu'elle lui inspirait un désir violent, mais pas une fois il ne lui avait dit « je t'aime », même pas au plus fort de leur plaisir.

Effondrée, elle enfouit la tête dans ses mains. Elle aurait dû lui être reconnaissante de ne pas mentir mais, à la limite, elle aurait préféré qu'il lui dît des mots d'amour. Tout plutôt que cette franchise qui la déchirait.

Depuis son mariage, elle flottait sur un nuage, mais aujourd'hui, la perspective de passer le reste de sa vie à aimer Garson sans espoir de retour lui donnait l'impression d'être tombée en enfer. Un enfer doré, mais un enfer tout de même !

8.

Assise dans la salle d'attente du médecin, Anya vit entrer une vieille dame qu'elle ne connaissait que de vue et qui, en l'apercevant, fondit littéralement sur elle.

— Madame Deverill ! Je disais justement ce matin à ma voisine que cela faisait longtemps qu'on n'avait pas vu votre mari faire son jogging dans le village.

— Il était en voyage d'affaires. Il n'est rentré qu'hier soir, expliqua la jeune femme.

Son ton volontairement neutre ne trahissait rien de sa déception lorsque Garson avait annoncé qu'il prolongeait son absence de deux semaines. Naïvement, elle avait cru qu'il se débrouillerait pour couper cette longue séparation en revenant au moins un week-end, mais elle s'était lourdement trompée, songea-t-elle avec un brin de tristesse. De toute évidence, il avait fort bien supporté la chose.

— Bert Cox m'a dit que votre mari devait l'emmener aux courses, continua la vieille dame, nullement découragée par le silence d'Anya.

— C'est exact. Ils y sont même en ce moment.

— J'espère que Bert a pris un bon manteau car le mois de novembre s'annonce frais. Moi-même, je suis sujette aux refroidissements. L'année dernière, j'ai eu une grippe épouvantable qui a dégénéré en...

L'esprit ailleurs, Anya laissa ses pensées dériver vers

son mari. Après son départ, elle avait passé plusieurs nuits blanches à se lamenter sur le malheur d'aimer un homme qui n'éprouvait rien pour elle, puis, un beau jour, elle s'était ressaisie.

A quoi bon se plaindre, d'ailleurs ? Elle l'avait épousé en toute connaissance de cause. D'autre part, c'était un amant merveilleux et un mari attentionné qui lui avait promis d'être fidèle. Et puis, avec le temps, le désir de Garson se métamorphoserait peut-être en un sentiment plus profond et plus riche. En amour, qui sait ?

Un mince sourire apparut sur ses lèvres. A en juger par les tendres retrouvailles de cette nuit, tout espoir n'était pas perdu.

La vieille dame la tira par la manche.

— C'est votre tour, j'ai l'impression.

Anya tressaillit et vit qu'en effet, le médecin l'attendait devant la porte de son cabinet.

— Merci, madame.

Oliver soupira bruyamment.

— Tu n'écoutes pas !

Anya reposa le champignon qu'elle s'apprêtait à émincer.

— Excuse-moi, mon chéri.

— Ils ne sont toujours pas rentrés. Tu m'avais dit qu'ils seraient là quand...

Le ronronnement feutré de la Maserati se fit entendre à cet instant dans la cour.

— Les voilà ! cria Oliver en se ruant hors de la cuisine.

Un sourire attendri aux lèvres, Anya écouta ses hurlements de joie, puis elle posa la main sur son ventre, émue à l'idée du petit être qui vivait en elle.

Loin de la troubler, cette nouvelle l'emplissait de joie.

Garson serait surpris, voire réticent puisqu'il avait spécifié qu'il ne voulait pas d'enfant, mais une fois habitué à l'idée, il serait aussi heureux qu'elle. Il suffisait de voir le temps qu'il consacrait à Oliver et à ses amis lorsqu'ils venaient à Grange House pour deviner qu'il ferait un père formidable.

— Bert a gagné plein d'argent, clama Oliver en surgissant comme une bombe dans la cuisine.

Les deux hommes le suivirent de peu, apportant avec eux la froideur de cette fin d'après-midi de novembre.

— Félicitations, Bert ! s'écria la jeune femme. Et toi, Garson ? Tu as gagné quelque chose ?

— Pas un sou.

— Ce sera pour la prochaine fois, déclara Bert. Si cela ne vous ennuie pas, maintenant, j'aimerais emmener certain jeune homme au village pour lui offrir une gâterie.

Les yeux d'Oliver s'écarquillèrent de plaisir.

— C'est trop gentil, Bert, dit Anya.

— C'était gentil de la part de votre mari de m'emmener.

— Je me suis beaucoup amusé, fit Garson sincèrement.

Anya entraîna Oliver dans l'entrée pour lui passer son anorak et un bonnet, puis elle regagna la cuisine.

— Tu t'es vraiment amusé ? demanda-t-elle à Garson.

Prenant tendrement le visage de sa femme dans ses mains, Garson plongea les yeux au fond des siens.

— Oui, mais j'aurais mille fois préféré passer l'après-midi avec toi.

Il ponctua sa déclaration d'un baiser à couper le souffle, puis murmura à regret :

— Le moment est mal choisi, hélas...

— Hélas, répéta Anya en frémissant.

— Puisque me voilà condamné à l'abstinence, je vais me consoler avec un gin-tonic. Que prends-tu ?

Anya hésita. Le médecin n'avait mentionné aucune interdiction, mais elle se méfiait.

— Il vaudrait mieux que je ne boive pas.

Garson la contempla d'un air étonné.

— Pourquoi ça?

Elle avait l'intention de lui annoncer la nouvelle une fois qu'Oliver serait couché, lorsqu'ils seraient tranquillement installés dans le salon, mais ce fut plus fort qu'elle. Radieuse, elle leva les yeux vers lui.

— Parce que j'attends un enfant.

Garson blêmit subitement. Puis il se passa la main sur le front comme s'il venait de recevoir un coup de massue. Il semblait tellement abasourdi qu'Anya faillit éclater de rire.

— Un enfant? Tu... tu es sûre?

— Absolument. Le médecin me l'a confirmé aujourd'hui. J'ai eu du mal à m'en remettre, moi aussi. J'ignorais qu'on pouvait tomber enceinte en prenant la pilule.

L'effarement de Garson se mua en stupeur.

— Tu prends la pilule?

— Bien sûr! D'après le médecin, mon indigestion a annulé l'effet du contraceptif. Je sais que tu ne souhaitais pas d'enfant, mais à présent...

— Ça ne peut pas être le mien, murmura Garson d'une voix blanche.

Les mots restèrent suspendus dans le silence, le temps qu'Anya comprît le véritable sens de ces paroles. Elle eut alors l'impression que le sol se dérobait sous ses pieds et recula, horrifiée, en titubant. Allait-il refuser d'admettre sa paternité, comme son frère l'avait fait pour Oliver?

Hagarde, elle le dévisagea d'un air incrédule, puis l'émotion prit le pas sur la consternation. Sans réfléchir, elle s'enfuit de la cuisine, saisit au vol ses clés de voiture, ouvrit la porte d'entrée à la volée et se rua vers la Volkswagen.

— Anya !

La silhouette de Garson se découpa sur le perron.

— Salaud ! hurla-t-elle en s'engouffrant dans la voiture.

Démarrant sur les chapeaux de roues, elle s'engagea en trombe dans le chemin. Des larmes brûlantes roulaient sur ses joues. Des larmes de douleur et de colère qu'elle ne tenta même pas de refouler.

Lorsque les dernières lumières du village disparurent derrière elle, elle enfonça la pédale d'accélérateur, de peur qu'il ne la poursuivît, tout en surveillant le rétroviseur. Puis, comme aucun phare ne venait trouer la nuit derrière elle, elle cessa de le guetter.

Un virage un peu plus serré que les autres lui fit ralentir l'allure. Rouler en pleine nuit à tombeau ouvert sur une petite route de campagne relevait de l'inconscience. Levant le pied, elle se gara sur une aire de repos, replia les bras sur le volant et s'abandonna à son chagrin.

Ça ne pouvait pas être son enfant ! Mais de qui croyait-il donc qu'il était ? Un rire hystérique lui échappa. Comprendrait-il un jour qu'il était le seul homme de sa vie ? Et quand lui ferait-il enfin confiance ? Car cette réaction prouvait une chose : il s'imaginait qu'elle le trompait avec d'autres.

Une nouvelle crise de larmes salua cette découverte. Quelques heures auparavant, elle se disait qu'il finirait par l'aimer un jour, mais ce mince espoir n'existait plus désormais qu'à l'état de rêve brisé.

Levant brusquement la tête, elle écouta le silence. Pourquoi ne l'avait-il pas suivie ? Parce que l'attachement qu'il lui témoignait n'était qu'une apparence ? De même qu'elle avait feint de croire que leur mariage était viable alors qu'il ne le serait jamais !

Anya se moucha énergiquement. Ce soir, Garson ne s'était pas contenté de lui piétiner le cœur, il lui avait également volé une partie de son âme. Elle le haïssait de toutes ses forces... sans pouvoir s'empêcher de l'aimer éperdument. Au diable les contradictions ! se dit-elle en tournant la clé dans le démarreur d'un geste résolu.

Elle avait fui instinctivement, pour se protéger, mais à présent, elle se sentait prête à l'affronter. Dès ce soir, elle exigerait le divorce.

Le cœur lourd, elle songea à la tristesse d'Oliver quand il apprendrait leur séparation, mais il n'existait pas d'alternative. Poursuivre la vie commune lui était impossible.

Soudain, une pensée atroce lui traversa l'esprit. Et si Garson désirait divorcer, lui aussi ? Qui sait s'il ne regrettait pas ce mariage depuis le début ? En tombant enceinte alors qu'il ne le souhaitait pas, elle lui fournissait le prétexte rêvé pour une rupture.

En se garant devant Grange House, elle constata avec étonnement que la Maserati avait disparu. Garson était-il parti à sa recherche ? A moins qu'il n'eût tout simplement rentré la voiture au garage...

— Je suis là ! lança-t-elle en pénétrant dans le hall.

Oliver apparut sur le seuil du salon, une boîte de Lego à la main.

— Regarde ce que Bert m'a acheté !

Au prix d'un effort surhumain, Anya parvint à ébaucher un vague sourire.

— Formidable !

— J'ai des bonbons aussi ! Viens voir, dit-il en l'entraînant par la main.

Les nerfs tendus à craquer à l'idée de revoir Garson, Anya le suivit à contrecœur dans le salon. Mais, au lieu de Garson, ce fut Bert qu'elle découvrit.

Consciente de lui devoir une explication, elle s'assit en face de lui d'un air hésitant.

— Je... euh... Garson et moi, nous nous sommes disputés, murmura-t-elle.

— Papa est parti, déclara Oliver.

— Ah ? Il était là quand vous êtes rentrés ?

— Il n'est resté qu'une minute, répliqua Bert. Ensuite, il est parti en déclarant qu'il allait à Londres.

— A l'appartement ?

— Pour voir Isobel Dewing.

— Comment ça ?

— Je ne peux pas t'en dire plus mais il semblait sur des charbons ardents, dit Bert en quittant le canapé pour enfiler son manteau. Il m'a demandé de tenir compagnie à Oliver jusqu'à ton retour, mais maintenant, il faut que j'y aille si je veux être à l'heure au pub.

Avant de s'éclipser, il tapota affectueusement la joue de la jeune femme.

— Ne t'inquiète pas. Il y a des hauts et des bas dans un mariage. Et puis, pense au bonheur de la réconciliation.

Pour toute réponse, Anya esquissa un sourire crispé.

Par bonheur, Oliver était bien trop absorbé par son jeu pour remarquer la mine soucieuse de sa tante pendant le repas. Et lorsqu'elle le coucha, après son bain, il lui demanda si Garson viendrait l'embrasser quand il rentrerait.

De toute évidence, le petit garçon ne doutait pas de Garson, mais Anya ne partageait pas sa certitude, loin de là. Recroquevillée sur le canapé du salon, elle broyait des idées noires. A la première difficulté, le réflexe de Garson avait été de se précipiter chez son ex-femme, ce qui signifiait qu'il l'aimait toujours ! Comment avait-elle pu se laisser aveugler quand mille indices auraient dû la mettre sur la voie ?

N'était-ce pas à Isobel qu'il faisait allusion lorsqu'il avait dit que le véritable amour se présentait rarement ? Isobel qui l'avait quitté parce qu'elle ne supportait plus ses voyages incessants. Quant à sa certitude qu'il ne tomberait jamais amoureux d'une autre femme, elle venait du fait qu'il aimait et aimerait toujours son ex-femme !

Etouffant un sanglot, elle esquissa un sourire triste. Comment s'étonner, à présent, de sa réticence à évoquer son premier mariage ? Il souffrait encore de cet amour non partagé.

Soudain, elle se redressa comme si une guêpe la piquait. Rien ne prouvait qu'il était toujours ainsi ! Cette rencontre avec Isobel, à Londres, peu après leur mariage, la façon dont elle l'avait appelé « mon chéri », son sourire, sa gentillesse lui avaient peut-être donné envie de tenter de nouveau sa chance... Et si, au lieu de restructurer ses sociétés, il avait consacré ces deux mois à reconstruire son premier mariage ?

Dans ce cas, l'aurait-il aimée avec autant d'ardeur, la nuit dernière ? Non, impossible ! Enfin... peut-être... Comment savoir ? Rongée par une indescriptible angoisse, elle tourna son alliance dans tous les sens en se mordant les lèvres. Il y avait trop d'inconnues, trop de zones d'ombre...

Dire que la veille, au plus fort de leur étreinte, elle avait été à deux doigts de lui révéler ses sentiments en laissant échapper les trois mots fatals ! A croire qu'une sorte de prémonition l'avait retenue !

Après avoir ruminé inutilement pendant des heures, elle monta dans sa chambre, déterminée à oublier ses soucis dans un sommeil réparateur.

Après avoir pris sa douche, elle se glissa entre les draps et enfouit la tête sous l'oreiller pour ne pas passer la nuit à guetter le bruit d'un moteur. Elle voulait dormir et elle dormirait !

Elle atteignait les sept-cent-quarante moutons lorsque la porte de la chambre s'ouvrit discrètement. Persuadée qu'il s'agissait d'Oliver, elle se retourna et se dressa sur son séant en reconnaissant la silhouette qui s'avançait dans la pénombre.

— Tiens, tiens, regardez qui nous revient. Tu n'as pas trouvé Isobel ?

Garson alluma la lampe de chevet.

— Si.

Il parut hésiter puis reprit d'un air grave :

— Et je sais que l'enfant est de moi.

— A la bonne heure ! Tu ne vas donc pas ressusciter ma soi-disant tentative de séduction auprès de Roger Adlam pour lui attribuer cette paternité ! lança-t-elle d'un ton cinglant.

Surpris par la violence de l'attaque, Garson fronça les sourcils.

— Bien sûr que non.

— Comment ça, bien sûr ? Tu n'as toujours pas changé d'avis à mon sujet ! Tu m'as toujours considérée comme une femme légère. Admets-le une fois pour toutes, ce sera plus simple.

— C'est faux ! Je sais qu'il n'y a eu que Dirk avant moi.

— Au moins, il ne s'est pas servi de moi, lui !

— Je ne me suis pas servi de toi !

— Tiens donc ! Tu as exploité le désir que tu m'inspirais, ni plus ni moins. Et je n'ai jamais été autre chose qu'un substitut d'Isobel.

— Qui a bien pu te fourrer de pareilles idées en tête ?

Poussée par la colère, le ressentiment et la douleur, Anya répliqua avec violence :

— Sans Oliver, tu n'aurais jamais eu l'idée de m'épouser. Mais désormais, c'est moi qui prends les décisions, et tu peux exercer toutes les pressions que tu veux, je refuse catégoriquement d'avorter.

A ces mots, les yeux de Garson lancèrent des éclairs.

— Tu crois que c'est ce que j'ai en tête ?

Ebranlée par cette brusque colère, Anya se radoucit.

— Ce... ce n'est pas le cas ?

— Grands dieux, non !

— Pourtant, cet enfant risque de peser lourd sur tes relations avec Isobel.

— Je n'ai pas de relations avec Isobel ! Pas au sens où tu l'entends, répliqua-t-il d'un ton sec.

La mine revêche, Anya attendit qu'il poursuivît. Mais il se contenta de la considérer en silence. Une minute s'écoula. Puis une autre. Une flamme sombre se mit à danser dans les yeux de Garson. Une flamme qu'Anya connaissait bien. Elle prit alors conscience du spectacle qu'elle offrait avec sa chemise de nuit qui la moulait comme une seconde peau, une fine bretelle retombant sur son épaule. Il eût été difficile de trouver tenue plus suggestive.

Le regard de Garson reflétait un désir brûlant qu'il ne cherchait même pas à dissimuler. Et la réponse monta en elle, impérieuse, irrépressible, troublante.

Furieuse de cette réaction, Anya rajusta sa bretelle d'un geste sec. Garson avait envie d'elle mais il ne l'aimait pas, et elle refusait d'être, une fois de plus, le jouet de ses pulsions.

— Je veux savoir pourquoi tu es allé chez Isobel ce soir, déclara-t-elle. Et je te préviens : j'exige l'entière vérité.

Garson se redressa de toute sa hauteur.

— Tu l'auras, mais il vaut mieux descendre dans le salon. Je ne tiens pas à réveiller Oliver.

Il se dirigea vers la porte et se retourna avant de franchir le seuil.

— J'ai l'intention de prendre enfin ce gin-tonic. Tu veux quelque chose ?

— Une tasse de chocolat chaud, s'il te plaît.

— C'est nouveau, ça !

— Je suis enceinte, je te le rappelle.

— Comme si je pouvais l'oublier !

Sur cette remarque désabusée, il s'éclipsa. Anya sauta du lit. De peur d'induire Garson en erreur sur ses intentions en mettant le peignoir assorti à sa chemise de nuit, elle enfila une vieille robe de chambre rose dont elle noua fermement la ceinture autour de sa taille.

Avant de descendre, elle se brossa rapidement les cheveux et tressaillit en découvrant l'anxiété qui dévorait son regard. Quoi d'étonnant quand son destin dépendait de la discussion qui allait suivre ? Elle avait demandé la vérité, et celle-ci risquait de la briser à jamais.

Prenant son courage à deux mains, elle rejoignit Garson qui l'attendait sur le canapé, un verre à la main. Les yeux rivés sur la tasse de chocolat fumant posée sur la table basse, elle s'assit à l'autre bout.

— Si je suis allé chez Isobel, commença Garson, ce n'est pas parce que je voulais la voir mais parce qu'il le fallait.

— Et combien de fois a-t-il « fallu » que tu la voies depuis deux mois ?

— Pardon ?

— Combien de temps as-tu passé à Londres pendant ton absence ?

— Quelques heures de temps à autre, entre deux voyages. Tu le sais bien puisque la majorité de mes appels provenaient de l'étranger.

— Qui m'assure que tu n'étais pas à Londres avec Isobel ?

Jusqu'ici, Anya avait parfaitement maîtrisé son émotion, mais, soudain, elle n'y tint plus. Il fallait qu'elle vidât son sac, qu'elle avouât ce qui la torturait depuis trop longtemps.

— Quand tu m'as offert cette lingerie, ce n'était pas par hasard, n'est-ce pas ? Tu essayais de me modeler à son image ?

Le visage de Garson exprimait une totale stupéfaction.

— Tu divagues !

— Quand nous faisons l'amour, ce n'est pas elle que tu crois tenir dans tes bras ?

Une violente fureur s'empara alors de lui. Il reposa brutalement son verre sur la table.

— Cette idée est tout bonnement répugnante ! Je n'ai pas de liaison avec Isobel.

— Pourtant, tu es bien allé la voir ce soir, non ?

— Uniquement pour discuter !

— A quel sujet ?

Il lui adressa un long regard puis déclara :

— Avant d'en venir au fait, je tiens d'abord à m'excuser pour la façon dont j'ai réagi tout à l'heure. Quand tu m'as appris que tu étais enceinte, j'ai cru que ma tête explosait. Il a fallu que tu t'enfuies pour que je comprenne que j'avais formulé mes doutes à voix haute. D'autre part, je n'ai pas dit que cet enfant n'était pas de moi... seulement qu'il ne pouvait pas être de moi.

Anya ouvrit des yeux ronds.

— Où est la différence ?

Une lueur désolée apparut dans les yeux bleus de Garson.

— Je croyais que j'étais stérile.

Sous le choc, Anya mit quelques secondes à réagir.

— Pourquoi ne m'en as-tu jamais parlé ?

— J'avais tellement honte que je n'ai jamais trouvé le courage d'aborder la question.

— Honte ? La stérilité est une erreur biologique, pas une tare, Garson.

— Peut-être, mais mon orgueil s'en accommodait fort mal. J'espérais que tu finirais par comprendre que je ne pouvais pas te donner d'enfants, que tu en prendrais ton parti et que tu me pardonnerais, ajouta-t-il d'une voix étrangement rauque.

Emue aux larmes, Anya résista à l'envie de le serrer dans ses bras.

— Comment ai-je pu être assez stupide pour m'imaginer résoudre un tel problème de cette manière? se lamenta-t-il.

— Pourquoi croyais-tu que tu étais stérile?

Le visage de Garson s'assombrit encore.

— A cause d'Isobel. Après deux ans de mariage, nous avons décidé d'avoir un enfant, et elle m'a affirmé qu'elle cessait toute contraception. Comme, au bout de six mois, elle n'était toujours pas enceinte, elle a prétendu qu'elle allait passer des tests. Une semaine plus tard, elle m'affirmait qu'elle n'avait aucun problème. Bien entendu, elle a évoqué les difficultés rencontrées par mes parents en soulignant le fait que ma famille semblait avoir un taux de fécondité très bas.

Une telle amertume perçait dans la voix de Garson que la gorge d'Anya se serra.

— Je parie qu'elle n'a jamais passé ces tests.

— Pas plus qu'elle n'avait arrêté les contraceptifs. Elle me l'a avoué tout à l'heure, quand je lui ai posé la question.

— Pourquoi n'as-tu pas subi d'examens de ton côté?

— Isobel m'en a dissuadé en prétendant qu'il s'agissait d'une épreuve inutile. En fait, elle n'a jamais voulu d'enfants, elle me l'a confié ce soir. Son seul but était de devenir une vedette du petit écran.

— Alors, pourquoi cette comédie? Elle n'avait qu'à jouer franc-jeu dès le départ.

— Elle craiganit que je refuse de l'épouser.

— Et elle t'aimait trop pour risquer de te perdre!

— Elle s'intéressait surtout aux relations que mon succès dans le monde des affaires pouvait lui procurer, ainsi qu'à mon compte en banque. Je n'ai jamais vu quelqu'un jeter l'argent par les fenêtres à ce point. Pourtant, elle a la tête sur les épaules, car elle a obtenu une fortune au moment de notre divorce.

— Est-ce pour cette raison que tu m'as classée dans la même catégorie qu'elle au début ?

— Peut-être, murmura-t-il d'un air énigmatique.

— L'aurais-tu épousée si elle t'avait dit qu'elle ne voulait pas d'enfants ?

Il acquiesça d'un signe de tête.

— Je l'aimais. Ou, plutôt, je croyais l'aimer. Mais, comme ta sœur s'est laissé éblouir par le charme de Luke, je me suis leurré sur le véritable caractère d'Isobel. Au fil du temps, mes sentiments se sont émoussés pour finir par disparaître totalement. C'est l'une des raisons pour lesquelles je n'ai pas tenu à subir ces tests sur la fécondité. Je pressentais que notre couple ne serait pas suffisamment solide pour assumer des enfants. Et quand Isobel s'est aperçue que je ne faisais rien pour lui présenter des gens « utiles », son affection à mon égard s'est considérablement refroidie.

— C'est incroyable. Elle paraît tellement chaleureuse et franche !

— Il ne faut pas se fier aux apparences. L'ambition est son seul guide et elle a une pierre à la place du cœur. Il suffit de voir la façon dont elle me laisse croire depuis des années que je suis stérile.

Anya hocha lentement la tête.

— Elle t'a avoué la vérité sans difficulté, hier soir ?

— Certes non ! Je l'ai coincée au moment où elle allait entrer sur le plateau de télévision. J'étais tellement en colère que je l'ai menacée de faire un scandale en direct si elle ne m'avouait pas la vérité. Cinq minutes plus tard, elle m'avait tout dit.

— Et moi qui pensais que vous aviez divorcé à cause de tes voyages incessants ! murmura Anya d'un air songeur.

Garson secoua la tête.

— Je suis ambitieux, moi aussi, mais au début de

notre mariage, je m'efforçais d'avoir des horaires réguliers et de limiter mes déplacements. Ce qui n'empêchait pas Isobel de rentrer à des heures impossibles. Quand nos relations se sont dégradées, j'ai eu besoin d'un exutoire pour libérer mon trop-plein d'énergie, alors je me suis lancé à corps perdu dans le travail... et les voyages. Par trop-plein d'énergie, j'entends une vie sexuelle particulièrement frustrante.

Anya lui lança un coup d'œil stupéfait.

— Frustrante ? Mais nous...

— Il ne s'agit pas de nous, justement. Cela fait partie des incompatibilités que j'ai évoquées un jour. Isobel s'est toujours pliée aux exigences des hommes de son entourage quand cela pouvait lui être utile, mais sans y prendre aucun plaisir. Alors qu'avec toi...

Il se tut un instant en contemplant le fond de son verre.

— Quand nous faisons l'amour, nous restons ensemble après, nous nous disons des mots tendres, alors qu'Isobel se précipitait sous la douche pour effacer toute trace de nos étreintes.

— Son souci de perfection...

Un bref sourire éclaira le visage de Garson.

— C'est l'une des raisons pour lesquelles elle refusait les enfants : elle redoutait de voir sa silhouette s'alourdir. Pas une fois elle ne s'est dit que je souffrais à l'idée de ne jamais connaître la joie d'être père. Quand j'ai appris que Luke avait conçu un enfant sans s'intéresser à son sort, j'ai d'abord été furieux contre lui, puis je l'ai envié terriblement.

Les yeux brillants d'une incontrôlable émotion, il fit une pause et reprit d'une voix sourde :

— Quand je pense que tu vas avoir mon enfant, notre enfant. Tu n'imagines pas à quel point je suis heureux !

Anya sourit.

— Autant que moi, peut-être ?

Garson finit son verre d'un trait, puis le reposa sur la table.

— Si nous terminions cette nuit mouvementée par un bon bain avant de nous mettre au lit ?

A ces mots, la joie d'Anya se dissipa d'un coup. Même si elle éprouvait un immense soulagement à savoir que Garson n'éprouvait rien pour Isobel, il manquait toujours l'essentiel à leur couple. Il lui faisait confiance et se réjouissait de l'enfant qu'elle portait, mais il ne l'aimait pas. Comment continuer à feindre le bonheur quand chaque instant passé auprès de lui lui rappelait qu'un gouffre les séparait ?

Voyant qu'elle hésitait, Garson murmura :

— Tu as peur de réveiller Oliver ?

Anya baissa la tête.

— Ce n'est pas ça. Je sais que tu tiendras ta promesse, Garson, que tu seras fidèle même si tu pars deux mois d'affilée. De plus, tu es bon et généreux mais... je veux divorcer.

9.

— Un divorce alors que tu attends notre enfant? s'exclama Garson.

— Sans doute suis-je trop idéaliste ou trop exigeante, mais...

— Tu fais allusion à Dirk, c'est ça?

— Dirk?

— Tu l'aimes encore!

Anya le détrompa immédiatement.

— Je ne l'ai jamais aimé. Pas profondément, du moins.

La jeune femme réfléchit quelques instants.

— Etait-ce à lui que tu songeais quand tu disais que le véritable amour se présentait rarement?

— Oui. Quand j'ai déclaré qu'on pouvait aimer quelqu'un toute sa vie même s'il vous avait cruellement blessé, c'est également à lui que je faisais allusion.

— Tu te méprends, Garson.

Une totale confusion se peignit sur le visage de Garson.

— Pourtant, il est évident qu'il t'a fait du mal et que tu en souffres encore.

— C'est uniquement son attitude à l'égard d'Oliver qui m'a blessée. Il voulait que je le fasse adopter.

Garson pâlit.

— Dirk ne lui a jamais témoigné la moindre affection, enchaîna-t-elle. En fait, il l'ignorait purement et simplement. Et puis, un jour, nous avons parlé d'avenir et il m'a suggéré de faire adopter Oliver par une autre famille.

— C'est monstrueux !

— Ce jour-là, j'ai compris tout ce qui nous séparait. J'ai su aussi que je ne l'aimais pas.

Visiblement perplexe, Garson l'interrogea du regard.

— Dans ce cas, pourquoi veux-tu divorcer?

— Parce que... eh bien... je pensais que cela n'avait pas d'importance, et puis j'ai cru que je pourrais m'en accommoder... Il s'agit sans doute d'un détail et si... si j'étais différente, peut-être m'en moquerais-je...

Consciente de l'incohérence de son discours, Anya tenta d'éclaicir sa pensée :

— Il suffit de regarder le taux de divorces dans le monde pour s'apercevoir que les mariages d'amour relèvent de la loterie tandis que les mariages arrangés...

— Pourrais-tu préciser de quel détail tu veux parler? coupa Garson d'une voix tendue.

— Tu ne m'aimes pas, c'est tout.

Il lui prit les mains d'un geste vif et les serra à lui faire mal.

— Je t'aime plus que ma propre vie, murmura-t-il d'une voix vibrante d'émotion.

— C'est... c'est vrai ? balbutia-t-elle.

— Oh, Anya ! Je pensais que cela crevait les yeux. Je t'aime à en perdre la tête.

Sous les yeux stupéfaits de Garson, Anya fondit en larmes. Il l'étreignit tendrement.

— Ne pleure pas. Je veux que tu sois heureuse.

— Je le suis, chuchota-t-elle entre deux sanglots. Ce sont des larmes de bonheur.

Essuyant ses joues humides d'un revers de main, elle leva vers lui un visage rayonnant.

— Aurais-tu vraiment coupé les ponts si j'avais refusé de t'épouser ?

— Bien sûr que non ! Je n'aurais pas pu rester loin de toi longtemps. Pas plus que je n'aurais pu priver mes parents d'Oliver. Mais il fallait que je...

— Que tu me prennes au piège ?

— Exactement. Et j'étais fermement décidé à faire ensuite tout mon possible pour que tu tombes amoureuse de moi.

Anya noua tendrement les bras autour du cou de son mari.

— Tu t'es donné beaucoup de mal pour rien.

— Tu m'aimes ?

Il posait la question pour la forme, cela se devinait à la lumière qui illuminait son regard, à la fossette qui éclairait son sourire, et surtout à la douceur de sa voix.

— Tu le sais bien, idiot.

— Petite cachottière ! Combien de temps comptais-tu garder ton secret ?

— Aussi longtemps que tu aurais gardé le tien. Je suis indépendante, mais pas au point de me jeter à l'eau sans une bouée de sauvetage.

— Dis-le-moi.

— Je t'aime, je t'aime, je t'...

Un baiser passionné étouffa ce vibrant aveu.

— Pourquoi es-tu resté absent deux mois ? demanda-t-elle lorsqu'ils reprirent leur souffle.

Garson esquissa un mystérieux sourire.

— Je voulais te faire la surprise, mais puisque tout sera réglé d'ici à deux semaines, je peux bien te l'avouer : dorénavant, je travaillerai ici. Dès demain, l'étage de ton ancien cottage devient mon quartier général. Comme tu es installée en bas, je pourrai te surveiller.

— Oh, Garson, c'est formidable ! s'écria-t-elle en lui couvrant le visage de baisers.

— Il est temps que je délègue un peu mes pouvoirs. D'ici peu de temps, mes directeurs traiteront les affaires courantes et feront quatre-vingt-dix pour cent du travail pendant que je m'occuperai de ma délicieuse petite femme, conclut-il en frottant le bout de son nez contre celui d'Anya.

— Tu seras là pour la naissance du bébé ?

Il posa tendrement la main sur son ventre.

— Essaie un peu de m'en empêcher ! Maintenant, si nous allions prendre ce bain ? suggéra-t-il d'une voix langoureuse.

Quelques minutes plus tard, adossé confortablement dans la baignoire, il enlaçait la taille de sa femme et l'attirait contre lui d'une main possessive. Très vite, la même main s'égara en caresses voluptueuses sur le corps souple et nacré d'Anya, éveillant au plaisir, incitant à l'abandon.

— Hmm... J'adore ça, murmura-t-elle.

Garson l'enveloppa de ses jambes.

— Et ça, tu aimes ?

— A la folie...

— Dans ce cas, passons aux choses sérieuses, dit-il en la soulevant pour sortir de la baignoire.

Sans prendre la peine de se sécher, il l'emporta vers la chambre et la déposa sur le lit comme une offrande.

Un corps à corps passionné s'ensuivit, une fête des sens et de l'âme entrecoupée de murmures et de rires par lesquels ils purent enfin exprimer librement la profondeur de leur amour.

— C'était la meilleure des meilleures, chuchota Garson à l'oreille d'Anya lorsqu'ils reposèrent, étroitement enlacés.

— La meilleure des meilleures, répéta-t-elle d'une voix ensommeillée.

Il lui effleura les lèvres d'un baiser.

— C'est un peu tard pour une demande en bonne et

due forme, mais acceptes-tu de rester avec moi jusqu'à la fin de nos jours ?

— A ton avis ? répliqua-t-elle, les yeux brillants de bonheur.

Confiante, elle s'endormit paisiblement au creux des bras de celui qu'elle venait de retrouver pour ne plus jamais le quitter.

Le nouveau visage de la collection Or

AMOURS D'AUJOURD'HUI

Afin de mieux exprimer sa modernité et de vous séduire encore davantage, votre collection Or a changé de couverture et de nom depuis le 1er mars 1995.

Rassurez-vous, les romans, eux, ne changent pas, et vous pourrez retrouver dans la collection **Amours d'Aujourd'hui** tous vos auteurs préférés.

Comme chaque mois, en effet, vous y attendent des héros d'aujourd'hui, aux prises avec des passions fortes et des situations difficiles...

COLLECTION
AMOURS D'AUJOURD'HUI :
Quand l'amour guérit des blessures de la vie...

Chère lectrice,

Vous nous êtes fidèle depuis longtemps? Vous venez de faire notre connaissance?

C'est pour votre plaisir que nous avons imaginé un rendez-vous chaque mois avec vos auteurs préférés, vos AUTEURS VEDETTE *dans les collections* Azur *et* Horizon.

Les AUTEURS VEDETTE *vous donneront rendez-vous pour de nouveaux livres vedette.*

Pour les reconnaître, cherchez l'étoile... Elle vous guidera!

Éditions Harlequin

AUT-R-R

HARLEQUIN

LE FORUM DES LECTRICES

CHÈRES LECTRICES,

VOUS NOUS ÊTES FIDÈLES DEPUIS LONGTEMPS ?

VOUS VENEZ DE FAIRE NOTRE CONNAISSANCE ?

SI VOUS AVEZ DES COMMENTAIRES, CRITIQUES À FORMULER, DES SUGGESTIONS À OFFRIR, N'HÉSITEZ PAS...
ÉCRIVEZ-NOUS À : LES ENTREPRISES HARLEQUIN LTÉE.
498 RUE ODILE
FABREVILLE, LAVAL, QUÉBEC.
H7R 5X1

C'EST AVEC VOS PRÉCIEUX COMMENTAIRES QUE NOUS ALLONS POUVOIR MIEUX VOUS SERVIR.

MERCI, À L'AVANCE, DE VOTRE COOPÉRATION.

BONNE LECTURE.

HARLEQUIN.

VOTRE PASSEPORT POUR LE MONDE DE L'AMOUR.

ROUGE PASSION
De fiévreuses histoires d'amour sensuelles!
De provocantes histoires d'amour passionnées et romantiques qu'on lit d'une seule traite. Aventureuses, parfois humoristiques, et sensuelles, elles mettent en vedette des hommes et des femmes d'aujourd'hui.
ROUGE PASSION... quatre nouveaux titres chaque mois.

Composé sur le serveur d'Euronumérique, à Montrouge
par les Éditions Harlequin
Achevé d'imprimer en avril 1997
sur les presses de l'Imprimerie Bussière
à Saint-Amand-Montrond (Cher)
Dépôt légal : mai 1997
N° d'imprimeur : 627 — N° d'éditeur : 6562

Imprimé en France